LE ROI BRAVE

ELIZA RAINE

À tous ceux qui ont le sentiment de ne pas être à leur place.
Votre tribu existe quelque part...

ALMI

Je tirai sur la poignée de la porte de ma chambre. Elle était encore verrouillée.

J'étais seule et tremblante, des larmes coulant sur mes joues.

Je ne m'étais jamais sentie aussi impuissante.

— Pourquoi ? criai-je à la porte verrouillée. Pourquoi fais-tu ça ?

Je ne savais pas si je grondais contre Poséidon ou Atlas.

En cet instant, je les détestais tous les deux.

La situation avait fini par s'améliorer. *Mieux* que s'améliorer. Nous avions pris de l'avance dans les Épreuves, ma magie était devenue plus forte, nos ennemis m'avaient semblé plus faciles à battre. Nous avions de réelles chances de gagner.

Avec mes pouvoirs qui grandissaient, nous étions aussi plus près de trouver le cœur de l'océan, ce qui signifiait que je me rapprochais de la possibilité de sauver Lily.

Et puis… Puis Atlas me l'avait prise.

Je ramassai la première chose qui me tomba sous la main – un verre d'eau sur le meuble près de la porte – et je la lançai contre le mur avec un autre beuglement de rage.

— Putain de connard, criai-je.

Je ne lui avais rien fait. Lily ne lui avait rien fait.

Et Poséidon… Je commençais à croire qu'il représentait bien plus à mes yeux qu'un allié. Mais ensuite, il m'avait chassée. Encore.

Comment avait-il pu ? J'avais autant de pouvoir que lui, alors qui était-il pour décider que c'était trop dangereux pour moi ?

J'aurais peut-être pu convaincre Atlas, ou alors ma magie de l'air aurait pu les réduire en miettes – il y avait peut-être une centaine de façons de récupérer Lily. Mais Poséidon ne m'avait pas fait confiance. Il ne m'avait pas respectée.

Il m'avait simplement chassée.

Mes yeux me brûlaient alors que des larmes furieuses continuaient à couler, et je cherchai quelque chose à lancer.

Il m'avait trahie.

Atlas m'avait peut-être pris ma sœur – et cette pensée me remplissait de fureur – mais Poséidon m'avait rapprochée de lui comme je ne l'avais jamais été de personne d'autre, puis il avait trahi ma confiance. Il m'avait traitée comme un enfant, quelqu'un de faible et d'inutile. J'avais l'habitude de ressentir de la fureur. Mais la trahison, c'était une sensation nouvelle.

— Connard !

Je lançai le petit meuble en bois contre le mur. Un pied se cassa à l'impact, avant de s'écraser par terre.

Un petit couinement me parvint aux oreilles par-dessus l'afflux de sang qui battait.

— Kryvo ?

— Almi.

Il avait l'air terrifié, et une toute petite partie de ma rage se dissipa. Assez pour que je me précipite vers la commode.

— S'il te plaît, ne jette rien dans ma direction, murmura-t-il.

— Je suis désolée.

Ma voix se brisa sur ce mot, et mes larmes de colère se terminèrent sur un sanglot qui me prit par surprise.

— Qu'est-il arrivé ? demanda-t-il d'une voix encore minuscule.

Je m'affaissai sur le tabouret devant la commode, le soulevant délicatement de son coussin. J'avais soudain envie de sa chaleur et du sentiment de ne pas être seule, si fort que j'aurais pu embrasser la petite étoile de mer. Je la posai sur ma paume, et ses ventouses s'agrippèrent.

— Atlas a tué Silos et pris ma sœur, m'étranglai-je.

— Quoi ? Pourquoi ? Comment ?

— Poséidon faisait surveiller Silos, et lui et tout le monde dans la boulangerie avaient été changés en pierre à notre arrivée, et Lily était partie.

Des larmes interminables coulaient sur mon visage, et je les essuyai.

— Et puis, Atlas est arrivé et a dit qu'il avait pris Lily. Il a essayé de forcer Poséidon à déclarer forfait aux Épreuves en échange de sa libération, et quand Poséidon a dit non, Atlas a dit qu'il n'avait plus besoin de moi. Il a dit que sa femme était en route, et je pense qu'il voulait me tuer. Il a dit que sa femme avait ma sœur. Mais avant qu'elle n'arrive, Poséidon m'a flashée ici.

Kryvo ne dit rien pendant un instant, puis reprit la parole.

— J'ai besoin de plus de détails. Raconte-moi encore. Lentement.

— Je ne peux pas ! Je dois y retourner, pour récupérer Lily !

— Pourquoi Poséidon t'a-t-il flashée ici ?

— Il a dit que c'était trop dangereux pour moi là-bas, mais il peut à peine utiliser sa magie ! Perséphone a dit que le poison l'avait affaibli, et...

Je tapai du poing sur la commode quand l'émotion me submergea.

J'avais peur pour Poséidon, réalisai-je avec colère.

Je ne voulais pas avoir peur pour lui ! Je voulais le détester. Mais la vérité, c'était qu'Atlas pouvait le tuer. Facilement. Et cette pensée était si intolérable qu'une nouvelle émotion surgit en moi.

— Il a Galatée avec lui, dis-je en essayant de prendre une inspiration pour me calmer. Elle est forte. Il n'est pas seul.

— Almi... Il y a peut-être une bonne raison pour laquelle il t'a éloignée.

Ma mémoire me rappela la main verte poussant à travers le bouclier de Galatée, et je frissonnai.

— Je dois y retourner. Tout de suite. Je dois aider. Je dois récupérer ma sœur.

Une voix retentit soudain dans ma chambre, se répercutant sur les murs.

— Ta sœur est en sécurité. Je reviendrai au palais dès que possible.

— Poséidon ?

Je fixai les murs, momentanément abasourdie.

— Poséidon ! criai-je à nouveau. Dis-moi ce qui se passe, bordel !

Seul le silence me répondit. Mes larmes s'étaient cependant arrêtées.

Il était en sécurité. Et Lily était en sécurité.

Rien n'était plus important que cela.

— Où est-il ? Pourquoi diable n'est-il pas déjà de retour ? Il faut que je sache ce qui se passe !

Je me levai, envahie par l'agitation et l'adrénaline. Je donnai des coups de pied dans le lit, essayant de ravaler ma colère, en vain.

— Pour une fois, j'aimerais qu'il réponde à mes questions, au lieu d'être si énigmatique, et mystérieux, et obstiné, et...

Kryvo interrompit ma tirade.

— On pourrait trouver les réponses par nous-mêmes.

— Quoi ?

— C'est probablement une mauvaise idée, mais... Il t'a dit qu'il y avait d'autres choses dans la prophétie.

— Oui.

— Après que tu, euh, m'as renvoyé ici, dit-il avec gêne, il t'en a dit plus ?

— Non.

— J'ai cherché dans le palais tout ce qui avait un rapport avec le cœur de l'océan, et je n'ai rien trouvé. Je pense...

Il fit une petite pause.

— Je pense qu'on devrait aller voir l'Oracle.

Je clignai des yeux.

— Poséidon a dit qu'il m'emmènerait à l'Oracle une fois les Épreuves terminées. Et... Et Atlas a dit quelque chose à son sujet.

Je passai au crible mes souvenirs flous de ce qui venait de se passer.

— Il a dit qu'il était allé la voir et que je n'avais pas toutes les informations.

— À mon avis, on devrait profiter du fait que Poséidon n'est pas là. À mon avis, il faut que tu apprennes tout ce que tu peux par toi-même, et de quelle manière tu es liée au fléau. Regarde ta coquille.

Je me tournai vers le miroir et pris une inspiration. La couleur verte se transformait en jaune, teintée d'orange sur les bords. La coquille était remplie aux trois quarts de couleur.

Je me mordis la lèvre en essuyant les larmes en train de sécher sur mes joues.

J'avais tellement de questions auxquelles Poséidon ne voulait pas répondre. Il venait de me montrer à quel point il me faisait peu confiance, à quel point il avait peu de respect pour moi. Pourquoi aurais-je dû lui faire confiance et le laisser décider ce que je pouvais savoir à propos de mon propre destin ?

La main verte, poussant à travers l'eau, passa de nouveau dans ma tête ; l'image devenait difficile à oublier. Était-ce la femme d'Atlas ?

— L'Oracle va-t-il me dire ce que Poséidon a fait à la femme d'Atlas ?

— Elle pourrait, si c'est pertinent. Il faut qu'on y aille avant que Poséidon ne revienne.

— On est enfermés. Je ne sais pas comment sortir.

— On connait une déesse qui pourrait nous aider, dit-il.

Je le soulevai jusqu'à mes yeux.

— Kryvo, tu es un putain de génie.

Il rougit sur ma main, avant que je ne le repose sur son coussin et que je ne coure vers là où ma ceinture était accrochée à un fauteuil.

Je fouillai dans les pochettes jusqu'à trouver la rose d'or de Perséphone. Je la serrai fort, fermai les yeux et parlai à haute voix :

— Perséphone, j'espère que tu m'entends. J'ai besoin de ton aide.

Une odeur de forêt souffla sur moi, et lorsque mes paupières s'ouvrirent, Perséphone se tenait devant moi.

❧

— Merci, merci, merci d'être venue, dis-je précipitamment.

— Que se passe-t-il ? Est-ce que ça va ?

— Non. Ça ne va pas. Poséidon m'a enfermée ici, « *pour ma propre sécurité* », et j'en ai fini avec ses conneries.

Perséphone pencha la tête sur le côté. Sa silhouette mince était habillée d'un jean noir et d'un chemisier jaune, ses cheveux blancs attachés en un gros chignon désordonné sur le dessus de sa tête.

— Vous aviez l'air de bien vous entendre, la dernière fois que je vous ai vus.

— Eh bien, c'était avant.

— Avant quoi ?

Je pris une inspiration, puis je lui racontai tout, aussi brièvement que possible.

— J'ai juste besoin que tu m'emmènes aux écuries. À partir de là, je trouverai Bleu et je pourrai me débrouiller seule.

Elle pouffa en croisant les bras.

— Je ne doute pas un instant que tu puisses te débrouiller seule, mais je ne pense pas que tu *devrais*.

Je la dévisageai.

— Tu ne vas pas m'aider ?

— Bien sûr que si, mais je viens avec toi.

— Quoi ?

— Tu sais où trouver Delphes et l'Oracle ?

— Non, mais je pense que mon étoile de mer, oui.

Elle secoua la tête.

— Quel genre d'amie serais-je, si je te laissais errer dans le royaume d'Apollon ou énerver les oracles toute seule ? Enlève cette robe, mets un pantalon et allons-y, avant le retour de Poséidon.

ALMI

Je me changeai rapidement dans la salle de bain, la nervosité palpitant en moi.

L'Oracle.

J'allais vraiment voir l'Oracle. La femme à qui je reprochais, en plus de Poséidon, l'état de santé de ma sœur depuis des années. Elle était la seule personne qui pouvait avoir des réponses. Et bon sang, en avais-je, des questions… Tant de questions.

Le fait que Perséphone m'accompagne me rassurait plus que je ne l'aurais jamais reconnu. Elle avait de la magie, des relations et des connaissances. Elle rendrait ce voyage cent fois plus facile et me donnerait une réelle chance d'y arriver avant que Poséidon n'interfère.

Je sortis en courant à moitié de la salle de bain, vêtue d'un pantalon en laine noir et d'un t-shirt par-dessus mon tricot, mon tatouage exposé. Kryvo était collé à mon épaule, et j'avais tressé mes cheveux bleus, de plus en plus brillants, sur l'autre épaule avec peu de soin, ayant juste besoin qu'ils restent à l'écart. Perséphone me regarda brièvement.

— Tu ressembles un peu à un pirate sexy, à part ce pantalon qui n'est pas si sexy.

— Je veux des réponses de l'Oracle, pas une nuit d'amour avec elle.

— Quand même, déclara Perséphone avec un haussement d'épaules. Fais voir si je peux essayer un nouveau tour que Hécate m'a montré.

Elle agita la main vers moi, faisant jaillir une liane verte. Dès que celle-ci entra en contact avec mon pantalon, l'étoffe laineuse se lissa et s'ajusta parfaitement contre mes cuisses.

— Tu m'as fait un pantalon en cuir, dis-je en le fixant.

— Ouais. Tu es prête à partir ?

Je hochai la tête, et nous flashâmes.

~

— Ouah.

Ma bouche se décrocha alors que je contemplais ce qu'il y avait sous mes yeux. Le temple de Delphes, je suppose. Le bâtiment était en marbre blanc, avec un toit triangulaire et des colonnes de style grec, et semblait assez banal, mis à part les deux grandes cassolettes en fer, en haut des marches qui menaient à l'entrée, scintillantes de lumière bleue.

Ce qui était remarquable, c'était l'emplacement du temple.

Le sommet d'une montagne. Le *pic* d'une montagne.

Nous nous tenions sur une petite plate-forme de marbre qui faisait saillie à l'avant du temple, et il n'y avait pas de garde-corps, la surface de pierre lisse n'offrant aucune prise. C'était comme si nous étions en équilibre précaire sur la pointe du pic, la plate-forme risquant de basculer dans l'un ou l'autre sens à tout moment.

La vue était vertigineuse. Je ne savais pas à quelle hauteur nous étions, mais je voyais toute une chaîne de montagnes s'étendre en contrebas et au-delà, toutes recouvertes de neige et entourées de nuages olympus aux couleurs pastel.

— C'est magnifique, soufflai-je en tournant sur moi-même lentement et prudemment.

— Non, vraiment pas.

La voix de Perséphone était instable, et son visage était blanc quand je me retournai vers elle.

— Ça va ?

— J'ai le vertige, dit-elle en faisant un pas lent en arrière vers le temple.

Je marchai vers elle, lui prenant son bras tremblant.

— Tu peux te flasher à l'abri si tu en as besoin, à tout moment, dis-je d'un ton rassurant.

Elle acquiesça.

— Je sais, sinon mes genoux auraient déjà lâché. C'est bon pour moi. Affronter mes peurs, et tout ça.

— Tu te débrouilles bien.

Ensemble, nous nous dirigeâmes prudemment vers les marches menant à l'intérieur du temple. Alors que nous arrivions au sommet, une voix lyrique chanta de nulle part.

— Une seule peut entrer.

Perséphone me regarda.

— Tu as ma rose sur toi ?

— Oui, réponds-je en hochant la tête.

Le soulagement passa sur son visage.

— Bien. Je pars. Appelle-moi quand tu voudras que je vienne te chercher.

— J'apprécie vraiment, vraiment ton aide.

Elle avait accepté d'aller au sommet de la montagne et d'affronter sa peur, rien que pour moi.

— Fais attention.

Elle me sourit, puis disparut en un éclair. Je jetai un dernier coup d'œil au panorama incroyable, puis je pénétrai dans l'obscurité du temple.

L'intérieur ne ressemblait pas à ce que j'imaginais. En fait, cela ne ressemblait à rien de ce que j'aurais pu imaginer.

Les murs et le plafond étaient dorés, et sur les surfaces brillantes étaient gravés des centaines et des centaines de mots dans des langues que je ne pouvais pas lire. La lumière irradiait des murs, se reflétant sur l'énorme bassin qui dominait la partie centrale du temple.

Je restai bouche bée, m'arrêtant en haut d'un escalier conduisant vers l'eau. Il y avait une estrade de pierre au milieu du bassin, recouverte d'un lit de coussins et d'un bol de fruits. Un parfum de lavande imprégnait l'air.

L'eau devant la plate-forme ondula, attirant mon regard. Elle devint aussi dorée que les murs, et lentement, une silhouette s'éleva du liquide. Une femme, la tête enveloppée de toile de jute, la peau foncée éclatante et jeune, et les yeux ambrés brillants.

L'Oracle de Delphes.

— Almi.

Sa voix était claire et profonde. L'eau autour d'elle ondula, la lumière scintillant en anneaux dorés.

— Bonjour.

J'étais plus nerveuse que prévu, la sueur me piquant la peau.

— Je t'attendais depuis un moment.

— Eh bien, vous pouvez voir le futur, alors…

Je haussai les épaules maladroitement.

— Inexact. Je ne vois pas l'avenir. Je suis consciente des certitudes, et je vois des liens.

— Vous avez dit à Poséidon qu'il devait m'épouser.

— Également inexact. J'ai dit au roi de la mer que s'il possédait le cœur d'une néréide, il posséderait également le cœur de l'océan.

— Ce qui signifiait m'épouser.

Elle haussa légèrement les épaules.

— C'est ainsi que Poséidon a choisi d'interpréter la prophétie. C'est de ça que tu veux me parler ?

Je faillis dire oui, mais je secouai la tête.

— Non. J'ai deux questions, dis-je en levant la main.

L'odeur de lavande devenait étouffante.

— Un, qu'est-ce que le cœur de l'océan ?

Elle leva les bras hors de l'eau avec une lenteur douloureuse. Sa peau était veinée d'or, et l'eau ondula de plus belle autour d'elle.

— Le cœur de l'océan n'est pas du tout un cœur.

Je la dévisageai.

— Ah bon. Vous voulez bien être plus vague ?

Un petit sourire dansa sur ses lèvres.

— Tu ne vois pas ce qui est devant toi, reine Almi.

— Je ne suis pas reine.

— Tu l'es.

— Peu importe. Qu'est-ce que c'est, le cœur de l'océan, si ce n'est pas un cœur ?

— Tu le sauras, bien assez tôt.

Je la fixai avec mauvaise humeur, et elle me rendit mon regard.

— Bien, finis-je par siffler.

Il était évident que je n'obtiendrais rien de plus de sa part.

— Question deux, existe-t-il un moyen de guérir le fléau de la pierre sans le cœur de l'océan ?

— Non.

Je grognai de frustration.

— Vous êtes sûre ?

— Oui. Tu es la seule à pouvoir le trouver.

— Comment ?

— Tu ne viens pas de l'océan.

— Oui, je viens de le découvrir. J'ai de la magie de l'air. Mais cela ne répond pas à ma question.

— Tout a besoin d'air. Feu, eau, terre. Aucun n'existe sans l'autre, et l'air est au cœur de tout.

— Vous êtes en train de dire que ma magie de l'air aidera à trouver le cœur de l'océan ?

— Ta pleine puissance t'y conduira.

Le soulagement m'envahit. C'était comme nous l'avions soupçonné. Quand mon tatouage de coquille serait entièrement coloré et mon pouvoir à son maximum, nous serions en mesure de trouver cette connerie de cœur.

— J'ai répondu à tes deux questions. Y a-t-il autre chose ?

Je me mordis la lèvre en réfléchissant.

Je savais ce que je voulais lui demander d'autre, mais une toute petite partie de moi avait l'impression de trahir Poséidon en le faisant.

Il m'a chassée, et il ne me fait pas confiance, me dis-je.

J'allais regretter de ne pas avoir posé la question quand j'en avais l'occasion.

— Quelle était la prophétie que vous avez donnée à Poséidon à propos du mariage avec une néréide, dans son intégralité ?

— Qu'est-ce que tu veux dire, dans son intégralité ?

Elle pencha lentement la tête, sans troubler le tissu qui l'enveloppait.

— J'ai entendu la première partie, à propos d'épouser une néréide. Puis quelque chose sur le véritable amour, mais ça a coupé.

Elle bougea lentement ses bras, son expression plus sombre.

— Poséidon ne te l'a pas dit ?

— Non. Il m'a dit qu'il y avait autre chose, mais il n'a pas voulu me dire ce que c'était.

Elle rabaissa les bras, les paumes à plat sur l'eau, et des flammes s'allumèrent sur le dos de ses mains, se répandant à la surface du bassin comme de l'huile.

Ses yeux devinrent laiteux, et les flammes jaillirent autour d'elle, toute la piscine en feu. Je fis un pas en avant, ne sachant pas quoi faire, ma nervosité au bord de la panique, mais ensuite, elle parla.

— Celui qui possède le cœur d'une Néréide possédera le Cœur de l'Océan. Le véritable amour n'est pas une nécessité, la possession pure scellera l'affaire. Mais sois prévenu : le véritable amour ne passera jamais inaperçu. Si une Néréide tombe amoureuse, elle mourra, son corps mortel rejeté et son âme éteinte.

Je fixai la femme nimbée de flammes, ses mots résonnant à mes oreilles. Tout mon corps me donna l'impression d'avoir été recouverte de glace.

Si je tombais amoureuse, je mourrais ?

— Poséidon le savait ?

Ma voix était un marmonnement, ma bouche ne fonctionnant pas correctement.

— Il le sait depuis longtemps.

— Il ne m'a rien dit. Il ne m'a pas dit que je ne pouvais pas tomber amoureuse.

— Tu *peux* tomber amoureuse. Mais si le véritable amour est réciproque, tu mourras. Si tu tombes amoureuse de quelqu'un qui ne t'aime pas en retour, alors ton corps et ton âme seront saufs. Sois prévenue cependant : l'amour non partagé ravage l'esprit. Pas un bien meilleur destin que la mort, j'imagine.

J'avais renoncé à l'amour il y a des années. Ça n'aurait pas dû avoir d'importance de savoir que ça pouvait me tuer de tomber amoureuse. Mais... Il y avait quelque chose entre Poséidon et moi. Quelque chose qui allait au-delà de notre attirance physique, quelque chose qui me touchait à un niveau que je n'avais jamais ressenti auparavant. Tout ce que je pouvais voir dans mon esprit pendant que l'Oracle parlait, c'était son visage, dur et sévère, et ces beaux yeux remplis d'une puissance brute et illimitée.

Croyais-je vraiment que je pouvais tomber amoureuse de lui ? Le dieu qui avait détruit ma vie ?

Je repassai la prophétie dans ma tête, essayant de l'analyser, de comprendre pourquoi je pensais si fort à Poséidon en réaction à cette révélation.

Si une Néréide tombe amoureuse, elle mourra, son corps mortel rejeté et son âme éteinte.

Est-ce que cela signifiait toutes les Néréides ? Ou juste moi ?

— Est-ce la même chose pour toutes les Néréides ? demandé-je à haute voix à l'Oracle.

— Tu es la seule qui reste.

— Non, ma sœur est vivante.

— Lily n'est ni vivante, ni morte, pendant qu'elle dort.

— Pourquoi dort-elle ? Et qu'est-ce que les dieux qui pleurent ont à voir avec elle ?

Ces mots jaillirent avec brusquerie et colère, mon émotion commençant à se libérer de mon contrôle.

— Elle dort pour te réveiller.

Mon cœur rata un battement.

— Quoi ?

— Plus elle se rapproche de la mort, plus tu te rapproches du pouvoir.

— Non.

Je sentis la pierre dure heurter mes genoux quand je me laissai tomber sur les carreaux, étourdie.

— Non, ça ne peut pas être vrai.

— Tout ce que je te dis est vrai.

— Ma magie s'éveille parce que Lily est en train de mourir ?

— Oui.

— Non. Non, ça ne peut pas être vrai.

Les répercussions de ce qu'elle me révélait tambourinèrent en moi, et je me sentis malade.

— La seule façon de guérir le fléau de la pierre, c'est avec le cœur de l'océan, chuchotai-je.

— Oui.

— Et la seule façon de l'avoir, c'est que j'arrive à toute puissance.

— Oui.

— Ce qui veut dire…

Je m'interrompis, incapable de finir ma phrase, ma gorge serrée.

L'Oracle termina pour moi.

— Lily doit mourir pour guérir le reste du Verseau – y compris son roi.

ALMI

*P*endant un moment, je ne pus respirer. Ma gorge se ferma complètement, et je ne pouvais plus faire entrer de l'air dans les ténèbres de mon esprit.

Ce que venait de dire la femme dans le bassin devant moi, et ce que cela impliquait, tout cela était trop difficile à gérer, trop énorme pour que je puisse en comprendre le sens.

Pour sauver Poséidon et tous ces gens, ma sœur devait mourir. Et ce serait moi qui la tuerais. Avec ma magie.

À cet instant, ma gorge s'ouvrit comme par la force, de l'air se précipitant dans mon corps.

Je haletai, en réalisant que c'était ma magie de l'air qui essayait de m'aider. Je regardai le coquillage sur ma poitrine, aux deux tiers rempli de couleur.

Une colère proche de la rage jaillit de mon corps.

— Non !

— Je suis désolée.

Je détournai les yeux de mon tatouage vers l'Oracle.

— Conneries ! Putain, personne n'est désolé ! Personne ! Vous, Poséidon, Atlas, vous êtes tous en train de jouer à un jeu de merde, et la personne qui perdra, ce sera ma sœur !

La rage s'était libérée, et j'étais vaguement consciente de mes cheveux fouettant mon visage, de mon t-shirt gonflant contre ma peau et de mes jambes qui se redressaient et me soulevaient de ma position agenouillée.

— Pourquoi ? Pourquoi faut-il qu'elle paye ? *Et pourquoi faut-il que ce soit moi qui la tue ?*

Un sanglot m'arracha la gorge. Les flammes autour de l'Oracle montèrent plus haut.

— Le destin. Tu es destinée à la vie qui est la tienne.

— Non ! Je suis libre ! Je prends mes propres décisions !

Je savais, alors même que je criais ces mots, qu'ils étaient futiles. Je n'avais pas contrôlé ma vie une seule seconde. Le libre-arbitre était une illusion.

— Non.

— Et si je refuse ? Et si je ne veux pas de cette connerie de putain de magie ?

L'air fouettant autour de moi s'évanouit en un instant. Un sentiment gênant de danger tourbillonnait dans ma colère.

— Si tu refuses ta magie, afin que ta sœur survive, alors tu ne trouveras jamais le cœur de l'océan.

— Et Poséidon mourra ?

L'Oracle hocha la tête.

— Ainsi que les citoyens du Verseau touchés par le fléau de la pierre.

Une vague de désespoir s'abattit sur moi, et j'enfouis mon visage entre mes mains, comme pour forcer l'entrée d'un peu de clarté dans ma tête surchargée.

Je savais déjà ce que Lily aurait fait, ce qu'elle m'aurait dit si elle avait été là.

Elle n'aurait jamais au grand jamais mis sa propre vie

au-dessus de celles des autres. Mais ce n'était pas son choix. C'était le mien.

— Il doit y avoir un autre moyen, dis-je en retirant mes mains, du désespoir dans la voix alors que je fixais l'Oracle. Il doit y en avoir un. Et l'Atlantide ?

L'Oracle inclina lentement la tête.

— Que sais-tu à propos de l'Atlantide ?

— Il y a une source qui peut tout guérir. Peut-elle guérir Lily ?

— La fontaine de Zoi est la raison pour laquelle vous êtes dans cette situation maintenant.

— Quoi ?

— Almi.

La profonde voix masculine qui appela mon nom n'était pas celle de l'Oracle. Je fixai mon regard par-dessus son épaule, et mes yeux se posèrent sur Poséidon.

Mon souffle se coupa à nouveau, une autre nuée de points noirs envahissant ma vision quand l'émotion menaça de me submerger. Il était recouvert de pierre. On ne voyait plus aucune parcelle de sa peau chaude et bronzée alors qu'il s'avançait vers le bord de la piscine, se déplaçant avec raideur vers moi.

— Tu aurais dû me le dire.

Je ne pus empêcher les mots de jaillir de ma bouche. Il jeta une œillade à l'Oracle, puis revint à moi.

— Te dire quoi ?

— Tout.

— Toute la prophétie ?

Il parlait doucement, comme si j'étais une bombe qu'il avait peur de faire exploser.

— Oui. Toute la prophétie. Et à propos de Lily.

Son expression s'assombrit, et il fronça les sourcils.

— Lily ? demanda-t-il prudemment.

— Elle est en train de mourir à cause de moi.

Il était assez près maintenant pour que je puisse voir l'émotion sur son visage lorsqu'il réagit. De la surprise. Et de la tristesse. *Il ne savait pas.*

— Elle est en sécurité maintenant, déclara-t-il.

Il ne savait pas que mon pouvoir la tuait. Et il l'avait sauvée d'Atlas.

Des larmes coulèrent sur mes joues alors que ma colère envers lui s'évanouissait.

— Où est-elle ?

— Tu as besoin de te reposer.

— Où est-elle ?

— Au palais. Avec les autres.

— Ma magie la tue. Quand j'aurai accès à tout, elle mourra.

Il tendit un bras, et son contact était rude et froid. Comme de la pierre.

— Je suis désolé.

— Tu as besoin d'aide, dis-je en regardant son bras d'un air hébété.

— Oui. Laisse-moi te ramener à la maison, puis il faudra que j'aille voir le dragon.

Je les regardai tour à tour, lui et l'Oracle.

— Parlez-moi d'abord de l'Atlantide, dis-je.

Elle m'adressa un sourire triste.

— Poséidon peut te parler de l'Atlantide. Une fois qu'il sera guéri.

Elle déplaça ses yeux aveugles vers lui, et il n'y avait aucun doute que ces mots étaient un ordre adressé directement au dieu de l'océan.

Celui-ci hocha lentement la tête.

— Je le ferai.

~

Lorsque la lumière du flash de Poséidon se dissipa, je me retrouvai dans ma chambre, sans lui.

Je ne vérifiai même pas si la porte était verrouillée. Je ne sentais plus monter aucune colère en moi, cette fois. Juste une profonde tristesse.

Je me dirigeai vers la commode, soulevai Kryvo de mon épaule et l'installai sur son coussin.

— Ça va ? demanda-t-il doucement.

— Pas vraiment.

Je me dirigeai vers le lit, grimpai sur l'immense matelas, puis tombai, tête la première, sur les oreillers. Une bienheureuse obscurité engloutit mon champ de vision, et je laissai couler des larmes chaudes et silencieuses.

Je savais ce que j'avais à faire, maintenant.

Je devais parler à ma sœur.

Cela ne faisait aucune différence de savoir si la Lily qui vivait dans ma tête était vraiment elle ou le fruit de mon imagination. J'avais besoin d'elle. Et j'avais besoin de lui dire à quel point j'étais désolée.

— Lily ?

Le tissu autour de mon visage étouffait ma voix, et j'en étais contente. Je ne voulais rien voir ni rien entendre, sauf elle.

Almi.

Ses cheveux étaient d'un bleu aussi éclatant que je les avais jamais vus, sa peau scintillante de pastels nacrés, quand elle se matérialisa dans ma tête. Je laissai son image remplir chaque partie de mon esprit.

— Je suis désolée. Je suis tellement, tellement désolée.

Je ne le suis pas.

— Quoi ?

J'ai toujours su que tu étais destinée à quelque chose de grand, petite sœur. Et j'avais raison. Tu vas sauver tout ce putain de royaume. Son sourire était large et chaleureux. *Je suis ravie.*

— Mais… je suis en train de te tuer.

Almi, cela fait près d'une décennie que je ne vis pas vraiment ma vie. Je voulais juste revenir pour toi. Parce que c'était ce que tu voulais. Mon but a toujours été de t'aider. Ses grands yeux bleus étaient emplis de sincérité. *Quelle meilleure manière de t'aider que de te donner ce dont vous avez besoin pour sauver le Verseau ?*

— Ce n'est pas juste.

Non, ça ne l'est pas.

— J'ai besoin de toi. J'ai besoin que tu reviennes.

Non, tu n'en as pas besoin.

— Si ! J'essaye de te ramener à la vie depuis toujours. Je ne peux pas renoncer maintenant !

Je cognai les oreillers de chaque côté de ma tête.

Tu ne renoncerais pas. Tu accepterais ce pour quoi nous sommes nées, toi et moi. À nous deux, nous sauverons le Verseau. Et l'homme qui t'aime.

Je me tus.

— Qui m'aime ?

Lily sourit à nouveau, cette fois avec espièglerie. *Tu sais, tu es très naïve, pour une femme de ton âge.*

— Poséidon ne m'aime pas.

C'est une conversation qu'il faudra avoir avec lui, pas avec moi.

Je restai allongée sur les oreillers, silencieuse un instant, les larmes coulant toujours sur la literie.

— Lily, je ne peux pas être la cause de ta mort. C'est juste que… je ne peux pas.

Tu veux dire que tu refuses.

— Bon, d'accord. Je peux refuser la magie. Je sais que c'est possible.

Et voir Poséidon mourir ? Voir les familles du Verseau succomber au fléau, une par une ? Voir ce qui reste du royaume tomber entre les mains d'Atlas et de ses sbires ?

Je ne répondis pas, la peur et la colère tourbillonnant dans ma tête et se mêlant à la frustration. Je ne pouvais pas plus accepter cela que causer la mort de Lily, et elle le savait.

Almi, si tu ne guéris pas bientôt Poséidon du fléau de la pierre, vous perdrez tous les deux les Épreuves. Cela affecte l'ensemble de l'Olympe. Il n'est pas exagéré de dire que le destin de ce monde est entre tes mains.

Je m'extirpai des oreillers, roulant sur le dos et fixant avec colère le plafond.

— Je ne suis pas équipée pour sauver tout ce putain de monde. Tu l'as dit toi-même, je suis naïve. Tout le monde pense que je suis bizarre. Et je suis toute seule.

Tu es bizarre, c'est sûr, mais tu n'es certainement pas seule. Tu as Kryvo, Galatée, Perséphone et Poséidon. Tu es entourée de personnes qui t'aiment.

En y réfléchissant, je commençai à croire qu'elle avait raison. Elle n'essayait pas seulement de me réconforter. Perséphone était mon amie. Si je ne le savais pas avant aujourd'hui, j'en avais eu la preuve quand elle s'était attardée au sommet d'une montagne pour moi, malgré sa terreur. Kryvo affrontait constamment ses propres peurs pour m'aider. Galatée avait commencé à me regarder avec respect plutôt qu'avec méfiance, et j'étais à peu près sûre qu'elle aurait dit qu'elle m'appréciait, à sa manière. Et Poséidon… Poséidon, c'était autre chose. Pas un ami. Mais j'étais sûre qu'il tenait à moi.

M'aimait-il ?

Pouvait-il m'aimer ?

Il m'avait chassée, rendue incapable d'aider ma sœur. Il n'aurait pas fait ça s'il m'aimait.

Secouant la tête, je chassai ces pensées.

— Si j'ai tous ces dieux et amis puissants à mes côtés,

alors il y a sûrement un autre moyen. Poséidon va me parler de l'Atlantide.

L'Oracle a été clair. Il n'y a qu'un seul moyen. S'il te plait, ne te fais pas trop d'espoir.

— C'est une habitude difficile à perdre, Lily. D'aussi loin que je me souvienne, j'ai nourri mes espoirs.

Elle gloussa. *Et que les dieux en soient remerciés ! Tu es tenace. Tu es une survivante.*

— Je ne serai jamais aussi forte que toi.

Tu seras plus forte, murmura Lily. *J'avais juste de la magie aquatique chiante. Tu as quelque chose d'incroyable. De l'air qui peut se mêler à l'eau, au feu, à la terre. Tu as vu comment ton pouvoir s'est mélangé à celui de Poséidon ?*

Mon esprit fit remonter les souvenirs de la dernière Épreuve et de l'exaltation que j'avais ressentie après. Et mon lien avec Poséidon qui s'était approfondi – ce lien invisible devenu impossible à supprimer.

— Est-ce que toutes les magies fusionnent comme ça ?

Ça dépend. À l'Académie, ils nous ont dit que certains types de magie pouvaient fonctionner ensemble, mais généralement pas avec deux personnes différentes. Et seulement sous le contrôle de dieux puissants.

— Je ne suis pas une déesse.

Non, mais tu es mariée à un dieu. L'un des plus puissants de l'Olympe. Le frère de Zeus et de Hadès, le roi de la mer. Elle sourit. *Le mari idéal.*

Je laissai échapper un long soupir, secouant lentement la tête.

— Je ne peux pas te perdre, Lily.

Tu auras toujours tes souvenirs.

— J'ai besoin de plus que ça. Il faut que je te réveille.

Il faut que tu sauves le monde.

POSÉIDON

— Que lui as-tu dit ?

La peur déferlait en moi, dans mes membres, ma figure, ma peau, tout commençant à s'engourdir alors que la pierre se répandait sur mon corps.

L'Oracle me regarda avec des yeux aveugles.

— Tu aurais dû le lui dire toi-même.

— Tu lui as dit le reste de la prophétie. À propos du fait que tomber amoureuse la ferait mourir.

Je me sentais malade, et mon émotion me mettait en colère.

— Elle s'inquiétait moins de cela que du fait qu'elle provoquerait la mort de sa sœur.

— Explique-toi.

— Sa magie a un prix. Pour qu'elle atteigne son plein potentiel, sa sœur doit mourir.

— Alors elle refusera le pouvoir. Elle aime sa sœur plus que tout sur l'Olympe.

Il n'y avait pas moyen qu'Almi participe au meurtre de sa propre sœur.

L'Oracle secoua la tête.

— Alors elle ne pourra pas avoir le cœur de l'océan. Et puis, tu mourras. Toi et tous les habitants du Verseau. Atlas aura la revanche qu'il désire si fort.

L'horreur se noua dans mon ventre à ces mots.

Ce n'était pas vrai. Comment Almi pouvait-elle se trouver dans une position aussi impossible ?

— Est-ce que ce sont les mots d'une prophétie, ou est-ce ton opinion ? criai-je.

— Lily doit mourir pour qu'Almi te sauve la vie. C'est la prophétie.

La rage explosa en moi, et je sentis la pierre se resserrer sur ma peau, bloquant l'éruption de mon pouvoir.

— J'ai juré de sauver sa sœur.

— Alors tu as juré de causer ta propre perte. Et celle de ton royaume.

— Qui a fait cela ? Pourquoi est-ce que ça leur arrive, à Lily et à elle ?

— Almi a le potentiel de porter en elle une puissance phénoménale. Cela doit être tempéré. Testé. Éprouvé.

— En tuant sa propre sœur ?

— En la forçant à prendre une décision pour le bien de tous.

— C'est la plus terrible des cruautés.

— C'est la vie sur l'Olympe. La vie au pouvoir énorme.

— C'est de la haine, de l'amertume et du ressentiment.

— Des émotions que tu connais bien. Des émotions que tu as beaucoup provoquées chez les autres.

— Tu fais référence à Atlas ?

— C'est toi qui as provoqué cela, roi de la mer. Et l'amour non partagé que tu ressens pour ton épouse ? Tu ne lui as pas rendu service. Tu ne l'as sauvée de rien.

Je n'entendis pas un mot de plus de la bouche de la divinité. La tête me tournait, je maîtrisais à peine ma rage, et mon corps succombait à la pierre.

Hadès ! J'envoyai cet appel à l'aide à mon frère, juste au moment où mes jambes cédaient et que la noirceur me submergeait.

ALMI

Un léger coup frappé à ma porte me tira de ma rêverie.

Je ne savais pas depuis combien de temps j'étais assise sur le lit, à me demander ce que j'étais supposée faire, maintenant.

Je me levai d'un bond, en espérant que c'était Poséidon qui venait me parler de l'Atlantide, mais déjà consciente, à la force du coup, que ce n'était pas lui. C'était trop doux.

J'ouvris la porte et vis Perséphone.

— Salut.

Elle me regarda de haut en bas et fronça les sourcils.

— Tu as l'air dans un sale état.

— C'est aussi comme ça que je me sens.

Elle hocha la tête, comme si elle se décidait.

— On va chez moi. J'ai des trucs qui vont te remonter le moral.

Je la dévisageai, et mon inquiétude dut être évidente, car elle leva les mains, agrippant doucement mes épaules.

— Des médicaments. Peut-être du vin. Rien de bizarre.

— Ce n'est pas un peu tôt pour du vin ?

Je réalisai que je ne savais même pas quelle heure il était.

— Il n'est jamais trop tôt pour du vin. Et, non, c'est le milieu de la nuit.

Je hochai la tête, hébétée, puis m'arrêtai.

— Je ne peux pas. Il faut que j'attende Poséidon. L'Oracle a dit qu'il devait me parler de quelque chose d'important.

L'expression de Perséphone se durcit, et un sentiment d'alarme me traversa.

— C'est un peu pour ça que je suis venue. Hadès a dû la ramener chez le dragon. C'est déjà un dragon soupe au lait, et maintenant, elle est vraiment de mauvais poil.

— Qu'est-il arrivé ?

De la peur pour Poséidon, indésirable mais féroce, m'envahit.

— Ça ne va pas en s'améliorant. Elle n'a pu se débarrasser que d'une partie de la pierre cette fois-ci, et elle a dit à Hadès qu'elle ne l'aiderait plus, car c'est trop épuisant pour elle.

— Oh mes dieux, dis-je en passant ma main sur mon visage. Est-ce qu'il va bien ?

— Plus il se repose d'ici à la prochaine Épreuve, mieux c'est. Je, euh…

Elle me regarda d'un air coupable.

— Je l'ai endormi.

— Tu l'as endormi ?

— C'était la seule façon de le forcer à se reposer. Il doit laisser son corps se régénérer, sinon la pierre prendra le dessus, s'excusa-t-elle. Si on peut le laisser inconscient pendant une journée entière et qu'il n'utilise pratiquement pas ses pouvoirs lorsqu'il se réveillera, alors il a une chance de survivre à une autre Épreuve.

Elle me serra les épaules en parlant, pour me rassurer.

Elle n'y parvint que partiellement.

J'avais besoin d'en savoir plus sur l'Atlantide. J'avais besoin de savoir si la fontaine de Zoï était une alternative à une décision encore plus terrible.

Poséidon ou Lily.

S'il n'y avait eu que ces deux-là, alors le choix aurait été ma sœur. Mais ce n'était pas si simple.

Les larmes me remplirent les yeux, sans y être invitées.

Perséphone m'attira contre elle, enroulant ses bras autour de moi.

— Eh, ça va, on va le sauver, dit-elle. Tu vas le sauver.

Ces mots eurent pour seul effet de faire couler mes larmes plus vite.

— Mais le sauver… Le sauver, ça signifie…

J'essayai de prononcer les mots, mais ma gorge se referma, car la sensation d'engourdissement qui m'avait envahie pendant ma solitude m'abandonna.

Perséphone me tint par les épaules à bout de bras, me dévisageant et fronçant les sourcils avec inquiétude.

— Le sauver, ça signifie quoi ?

La compréhension déferla sur ses traits.

— L'Oracle ne t'a pas donné de bonnes nouvelles, n'est-ce pas ?

Je secouai la tête, et elle me contourna, entrant dans ma chambre pour ramasser le coussin de Kryvo.

— Prends ton petit ami, et on va chez moi. On va s'occuper de toi, et si tu me dis ce que t'a révélé la cinglée au sommet de la montagne, on réglera ça ensemble.

— Ouah, couina Kryvo quand nous nous matérialisâmes dans ce que je supposai être la maison de Perséphone.

C'était comme si une serre avait eu un bébé avec un

château gothique. C'était une structure complexe tout en fer forgé et presque toutes les parois étaient en verre. Des roses dorées et rouges s'entrelaçaient au métal, offrant un contraste frappant avec la masse verte au-delà des vitres. On aurait dit une jungle luxuriante, avec des centaines d'arbres et de plantes différentes qui poussaient les uns à côté des autres. Même moi, qui manquais de connaissances sur les plantes, je voyais que toutes ces espèces n'auraient pas dû pousser côte à côte.

— Ouah, dis-je, imitant l'étoile de mer.

Je me concentrai sur la pièce où nous nous trouvions, voyant qu'il s'agissait d'un grand salon qui faisait aussi salle à manger. Le plancher était en bois sombre et riche, et la partie salle à manger était surélevée de quelques marches pour la séparer du reste. Un lustre en fer pendait au-dessus d'une table décoré d'un objet de forme organique, fabriqué à partir d'un beau morceau de bois poli. Devant les murs de verre, entourant une cassolette à flamme scintillant d'une lueur chaleureuse, se trouvaient plusieurs énormes fauteuils tapissés de chintz rose. Des fougères vertes en pot ornaient la pièce çà et là, et des orchidées aux couleurs vives étaient posés un peu partout.

Je renversai la tête en arrière pour regarder vers le haut, admirant le plafond loin au-dessus de nous, scintillant de lumières qui ressemblaient à des étoiles.

— Ça te plait ? me sourit Perséphone.

— C'est époustouflant.

— On ne peut vivre ici que six mois par an. À la surface des enfers, je veux dire. Le reste du temps, on doit vivre sous terre, dans le palais de Hadès. J'avais beaucoup de fenêtres à rattraper quand j'ai conçu cet endroit.

— Ça me plairait de savoir comment vous vous êtes mis ensemble, dis-je alors qu'elle me conduisait vers les fauteuils.

— Et j'aimerais te le dire, mais pas maintenant. On a des affaires plus importantes à régler. Assieds-toi.

Je le fis, et elle marcha vers un long comptoir à l'arrière de la salle à manger. Elle s'agita quelques instants, et je laissai le canapé confortable amortir mon poids, fermant les yeux et essayant d'éclaircir et d'organiser mes pensées afin de pouvoir les expliquer à ma nouvelle amie.

— Alors. Dis-moi ce qui s'est passé avec l'Oracle.

J'ouvris les yeux, et elle était en train d'arracher les feuilles de quelques plantes pour les mettre dans un petit mortier. Elle les broya, et des vignes serpentèrent de ses paumes, s'enroulant autour du bol de pierre.

Je regardai avec fascination.

— Que fais-tu ?

— Je te fabrique quelque chose qui te fera reprendre des forces plus rapidement que ces fioles que Poséidon te donnait.

— Merci.

— De rien. Maintenant, dis-moi.

Aussi calmement que possible, je répétai à Perséphone ce que l'Oracle m'avait dit. J'essayai de garder le contrôle de mes émotions, délivrant les informations de la manière la plus concise possible. Quand je lui eus tout dit, des larmes silencieuses coulaient à nouveau sur mes joues.

Elle s'avança vers moi, me tendant une tasse fumante qui sentait le cassis. Je la pris et bus avec précaution. La chaleur se répandit dans tout mon corps.

— Je suis vraiment désolée, Almi. On peut dire que tu te retrouves vraiment dans une situation merdique.

Le visage de Perséphone était plein de compassion quand elle s'assit sur le fauteuil à côté du mien.

— Lily dit qu'on est destinées à sauver le monde ensemble. Elle dit qu'elle n'est pas fâchée ou triste.

Le visage de Perséphone se plissa en un froncement de sourcils, l'inquiétude remplaçant la compassion.

— Lily a dit ça ? répéta-t-elle. Je pensais qu'elle était inconsciente depuis des années ?

Je laissai échapper un long soupir en réalisant ce que j'avais dit. Je n'avais pas voulu lui dire que j'avais parlé à Lily. Les mots s'étaient échappés, tant j'avais peu de contrôle sur moi-même et mes émotions.

— Je lui parle dans ma tête, avouai-je à voix basse. J'ai une image très vivante d'elle, et elle répond.

Perséphone parut surprise, puis pensive.

— Tu penses que c'est vraiment elle ?

Je haussai les épaules.

— Au début, je pensais que c'était mon chagrin et ma solitude, parce que j'étais dans le monde humain sans personne vers qui me tourner. Mais… elle lui ressemble tellement, pas à moi. Elle pense à des choses auxquelles moi je ne pense pas, et elle sait des choses que j'ignore. Ce qui me fait me demander s'il est vraiment possible que je l'aie inventée.

— Tu serais étonnée par ce que notre subconscient sait de nous et que nous ne savons pas, dit doucement Perséphone.

— Alors tu penses que je l'invente ?

— Je ne sais pas. Tu as dit qu'elle avait une magie puissante quand elle était éveillée ?

— Oui.

— De la magie télépathique ?

— Euh, non. Juste de l'eau.

— Hmm. Eh bien, de toute façon, elle t'a dit qu'elle n'était pas fâchée que tu acceptes ton pouvoir pour trouver le cœur de l'océan ?

Je déglutis difficilement.

— Elle a toujours été altruiste. Mais j'ai passé toute ma vie d'adulte à essayer de la sauver. Je ne peux pas renoncer maintenant. Je ne peux pas.

Le désespoir perforait chacun de mes mots.

Je m'attendais à ce que Perséphone me dise que la bonne chose à faire, c'était de laisser Lily mourir afin de sauver tous les autres. Je savais que c'était ce que toute personne sensée m'aurait dit de faire. Mais elle ne le fit pas.

— Et l'Atlantide ? demanda-t-elle.

— L'Oracle a dit à Poséidon qu'il devait me parler de ça.

— Ça aiderait à guérir le fléau ?

Je me mordis la lèvre en me souvenant de ce que la divinité avait dit.

— Elle a dit qu'il n'y avait aucun moyen de guérir le fléau sans le cœur de l'océan. Et que la seule façon de l'obtenir, c'était d'arriver à pleine puissance.

Mes épaules s'affaissèrent.

— Il doit y avoir un moyen de contourner cela.

Je regardai son expression déterminée.

— Tu penses ?

— Oui. Les prophéties sont presque aussi complexes que les dieux. Il y a toujours un autre moyen.

Une vague d'espoir m'inonda alors que je saisissais la tasse. Tout ce dont j'avais besoin, c'était d'entendre quelqu'un d'autre dire qu'il y avait peut-être un autre moyen.

— Tu as des idées ?

— Non. Il faut que tu survives aux épreuves et que tu gardes Poséidon en vie. Et je ne vois pas comment tu peux faire ça sans ta magie.

Je me rassis avec culpabilité.

— Je pense que j'ai peut-être énervé ma magie de l'air. Au temple.

Perséphone parut alarmée.

— Comment ça ?

— J'ai un peu dit que je n'en voulais pas.

— D'accord. Bon. J'espère qu'il n'y a pas de mal et que tu peux simplement t'excuser ?

— Apollon a dit que l'air était capricieux et difficile à contrôler.

— Hmm. On y travaillera plus tard. En attendant, qu'est-ce que tu vas faire à propos de cette histoire d'amour ?

— Cette histoire d'amour ?

Elle me regarda comme si je venais de subir une blessure à la tête.

— Almi, si tu tombes amoureuse de ton mari, tu vas mourir. Cela ne te semble pas être un problème à régler ?

Je levai la main.

— Ouah, attends. Il y a toute une série de raisons pour lesquelles cela ne m'inquiète pas en ce moment.

Je vidai le contenu de ma tasse, me sentant déjà plus forte.

— Premièrement, c'est un gros con grincheux qui représente tout ce que je ne supporte pas dans la vie. Deuxièmement, je ne saurais même pas comment tomber amoureuse. J'aime ma sœur, et c'est tout. Je n'ai aucune capacité à aimer ou le désir d'aimer quelqu'un d'autre. Troisièmement, je mourrai seulement si cet amour est réciproque, dis-je en regardant Perséphone d'un air entendu. Donc, rien à craindre.

Elle se contenta de me fixer, les yeux écarquillés et les sourcils haussés.

— Quoi ? dis-je, incapable de supporter le long silence.

— J'essaie de savoir par où commencer, déclara-t-elle.

— Tu as parlé de vin ?

Perséphone hocha la tête.

— Le vin, c'est un très bon point de départ.

ALMI

Lorsque nous eûmes toutes les deux bu des verres d'une boisson ambrée et pétillante, Perséphone se racla la gorge.

— Je pense que tu es plus en danger que tu ne le penses, Almi.

— De quelle manière ?

— Je ne vais pas prendre le risque de te rapprocher de ce danger, mais tu dois être mieux préparée que tu ne l'es actuellement.

— Je ne te suis pas.

— Je ne dirai rien pour te faire aimer Poséidon plus que tu ne l'aimes déjà.

— Au cas où tu me ferais accidentellement tomber amoureuse de lui ? pouffai-je.

Elle ne rit pas. En fait, elle avait l'air plus sérieuse que je ne l'avais jamais vue.

— Almi, j'en mettrais au feu toute ma vie et tout ce que je possède : il t'aime.

Je fronçai les sourcils.

— Lily pense la même chose. Mais vous ne savez pas ce que ça fait, le lien du mariage.

Je marquai une pause.

— Enfin, peut-être que oui, puisque tu es mariée à son frère. Cette attraction constante que l'on ressent l'un envers l'autre, cette étrange décharge électrique qu'on reçoit chaque fois qu'on s'effleure… On pourrait facilement prendre ça pour autre chose.

Les yeux verts de Perséphone se remplirent de quelque chose qui était peut-être du chagrin.

— Almi, si ça devient autre chose, tu vas mourir. Tu comprends, n'est-ce pas ?

— Oui, mais je ne l'aime pas. Et je ne pense pas qu'il m'aime. Peut-être qu'il est attiré par moi et me désire, mais ce n'est pas de l'amour.

— Que s'est-il passé au palais d'Aphrodite ?

Mes joues s'échauffèrent.

— On, euh, tu sais…

— Vous avez eu des relations sexuelles ?

Elle parut presque soulagée.

— Non. Mais on était, euh, proches.

Je déglutis et décidai de dénuder mon cœur et mon âme. Après tout, il n'y avait plus grand-chose qu'elle ne savait pas sur moi.

— Je n'avais été avec personne avant lui, et il a arrêté avant que ça n'aille plus loin, à cause de ça.

— Oh mes dieux, dit Perséphone en se passant la main sur son visage pâle. Almi, il n'y a pas un seul mec, ou dieu, ou quoi que ce soit muni d'une putain de bite, qui refuserait du sexe, sauf par amour !

— Oh, dis-je avec des joues qui me brûlaient, maintenant.

Je bus une longue gorgée de vin.

— Oh, répétai-je, à court d'autres mots.

Le féroce dieu de la mer pouvait-il vraiment m'aimer ?

Comment ? Il me connaissait à peine. Sans doute, il ne pouvait pas tomber amoureux en une semaine ?

— Poséidon est maussade et colérique depuis que je le connais. Mais la sauvagerie dans ses yeux quand il te regarde ? Je n'avais jamais vu cela auparavant. Et sa colère est différente maintenant. Elle ne bourdonne plus sous la surface, mais tambourine pour se libérer. Il est différent à tes côtés, c'est sûr.

— Oh.

Dans une tentative d'utiliser un autre mot que cela, je regardai Kryvo, qui était collé à ma clavicule.

— Qu'en penses-tu, Kryvo ?

Je priai pour que l'étoile de mer me dise que le dieu me trouvait bizarre et ne voulait rien avoir à faire avec moi.

Dès que j'eus cette pensée, un picotement alarmé me balaya.

Je ne voulais pas que Poséidon ne veuille rien avoir à faire avec moi.

Merde. Des éclairs de ce qu'il m'avait fait ressentir dans le palais d'Aphrodite me revinrent, et je les enterrai rapidement.

— Tu n'arrêtes pas de l'embrasser quand je suis collé à toi, dit l'étoile de mer d'un ton neutre.

— Ce n'est pas une opinion.

— Vous êtes connectés, tous les deux. Il y a une énergie entre vous, et vos deux magies se mélangent.

Je pensai à notre balade sur Bleu et Chrysos, et à la façon dont notre pouvoir avait fusionné lors de la dernière Épreuve. Le malaise m'envahit de plus belle.

— On est connectés, répétai-je. Pas amoureux. Il y a une différence.

— Il faut que tu sois prudente. Essaye de ne pas passer trop de temps seule avec lui, déclara Perséphone.

— Comment ? Il faut qu'on termine les Épreuves. Ou du moins, qu'on *essaye* de terminer les Épreuves.

Je bus du vin.

— C'est un putain de bazar, marmonnai-je.

Perséphone me lança un regard compatissant qui devint rapidement plus résolu.

— Concentre-toi sur le fait de survivre aux Épreuves, accroche-toi à ce qui t'énerve chez Poséidon, puis on réfléchira à propos du cœur de l'océan. C'est le plan.

— Oui.

Ce n'était pas un plan nouveau, mais c'était le seul que nous avions. Et je n'étais pas seule dans cette histoire. Je savais que la femme à côté de moi m'aiderait, quoi qu'il arrive. Je tendis la main pour serrer la sienne, un mouvement inhabituel pour moi, mais ça semblait normal.

— Merci. Lily a été ma seule amie pendant longtemps. Je suis tellement reconnaissante pour ton aide.

Elle me serra la main en retour.

— Moi aussi, j'ai bien besoin d'une amie ici, et je pense que tu es géniale.

Une chaleur m'envahit à nouveau, accompagnée d'espoir.

Nous trouverions un autre moyen.

Nous parlâmes pendant environ une heure, et Perséphone sembla se faire un devoir de choisir des sujets de conversation qui n'avaient rien à voir avec les Épreuves, Lily ou Poséidon. Nous discutâmes du monde humain, de l'endroit où elle avait grandi à New York et de la vie que j'avais vécue dans ma caravane. Nous parlâmes aussi de musique et de films, et du genre de choses dont les gens normaux pouvaient parler.

Quand Hadès entra dans la pièce, je faillis lâcher mon verre de surprise.

— Oh, je ne savais pas que tu avais de la compagnie, dit-il en marchant vers Perséphone et en se penchant pour l'embrasser. Comment va Poséidon ?

— Il a besoin de dormir. Et Almi a rendu une visite troublante à l'Oracle.

Hadès me regarda, une lueur de compréhension tourbillonnant dans ses yeux argentés.

— On pourrait considérer cette femme comme pire que troublante.

Il regarda le vin dans ma main.

— Sois prudente, me dit-il. Perséphone a des histoires à raconter à propos du vin de Dionysos.

Je haussai un sourcil, et elle gloussa.

— Quand j'étais humaine, je ne pouvais pas le supporter. Tu n'es pas humaine, ça ira, me rassura-t-elle.

Un flash attira toute notre attention vers la cassolette à flamme. Du feu en jaillit, d'un blanc éclatant, puis redescendit pour révéler le visage d'Atlas. Une longue estafilade argentée courait sur sa joue, et je sursautai de surprise. Était-ce arrivé pendant le combat dont j'avais été chassée ?

— Bonsoir, Olympe.

Sa voix était dure et sèche, tout son charme ayant disparu.

— La prochaine Épreuve sera la dernière des Épreuves de Poséidon.

Le soulagement m'envahit. Je jetai un coup d'œil à Perséphone et vis le même sentiment se refléter sur son visage.

— Que les dieux en soient remerciés.

— Il est temps que le monde sache de quoi le roi des océans est capable. Quel genre de dieu il est vraiment.

Ma peau se resserra, et je me penchai en avant.

— J'étais autrefois le dirigeant d'une grande ville de l'Olympe. Ma femme et moi gouvernions avec bonheur, jusqu'à ce que Poséidon intervienne.

Des flammes rouges éclatèrent dans ses iris, puis commencèrent à lécher sa peau.

— Putain, jura Hadès.

— Le dieu que vous vénérez tous a fait couler ma ville au fond de l'océan. Il s'est rendu responsable de la mort de centaines d'innocents.

Le bruit du sang battant dans mes oreilles s'intensifia.

— Non, murmurai-je.

— Et je souhaiterais que le sort qui a frappé ma femme bien-aimée soit aussi simple que la mort, gronda le Titan. Pour la dernière Épreuve, nos concurrents exploreront ma ville engloutie et trouveront autant de coquilles que possible. Mais soyez avertis : les monstres là-bas sont les pires qu'on puisse trouver dans les bas-fonds. Tout ce temps passé dans les profondeurs a transformé mon ancienne grande cité en un labyrinthe mortel, et les sangs-pourris seront le moindre de vos soucis. Vous commencez à l'aube. Trouvez ma ville, trouvez les coquillages. Mettez fin aux Épreuves.

Les flammes resurgirent, avalant l'image. Quand elles moururent, Atlas avait disparu.

— Merde, jura encore Hadès.

La température dans la pièce augmenta. Je regardais le feu d'un air hébété.

— A-t-il vraiment tué des centaines de personnes et fait couler une ville entière ?

Mes mots étaient un marmonnement.

— Tu devrais le lui demander, déclara Hadès. Ce n'est pas à moi d'en parler.

— La guerre peut être brutale, dit doucement Perséphone.

— C'était avant la guerre, marmonna Hadès. Ces deux-là ont une rivalité qui remonte à des siècles, mais mon frère ne m'a jamais dit ce qui s'était passé.

— Il a dit qu'il avait honte, dis-je calmement.

Hadès me regarda.

— Il t'en a parlé ?

— Non. Il m'a dit qu'il ne voulait pas en parler parce qu'il avait honte.

Hadès poussa un long soupir.

— Nous avons tous fait des choses dont nous avons honte. Personne plus que les dieux.

— Vous avez tué des centaines d'innocents ? sifflai-je.

Puis je le regrettai quand je vis son visage grave.

— Je suis le dieu de la mort, dit-il, son pouvoir résonnant autour de lui. J'ai fait des choses que tu ne peux même pas imaginer.

Perséphone se leva lentement de sa chaise, ce mouvement dispersant le pouvoir qui déferlait de Hadès.

— Je vais devoir le réveiller plus tôt que je ne l'avais espéré, dit-elle doucement.

Hadès la regarda, puis hocha la tête.

— Il devra dire à sa femme ce qu'il a fait. Il faut qu'ils montent un plan pour surmonter cette Épreuve.

ALMI

*P*erséphone nous flasha au palais, directement dans la salle du trône de Poséidon. Je regardai le siège en forme de vague géante, le dieu hargneux distinctement absent.

— Je l'amènerai ici quand je l'aurai réveillé, déclara Perséphone.

Puis elle disparut dans un flash.

Je laissai échapper un long soupir, puis entendis tousser derrière moi. Tournoyant sur mon talon, je vis Galatée. Elle avait une énorme ecchymose sous l'œil gauche, et son bâton était éraflé.

— Galatée, que s'est-il passé ?

— J'allais te demander la même chose.

Elle avait l'air fatigué, mais ses yeux bleus étaient toujours aussi alertes. Elle s'appuya contre la statue d'une orque et regarda l'immense trône.

— Il m'a fait partir.

— Moi aussi.

Il avait écarté ses deux alliées. Deux femmes qui avaient du pouvoir et qui auraient pu l'aider.

— Quel con, dis-je en secouant la tête.

Galatée tressaillit, mais elle ne me reprocha pas d'avoir blasphémé.

— Comme tu dis, déclara-t-elle. J'ai entendu dire que le dragon et Perséphone l'avaient guéri.

— Oui. Perséphone dit qu'il ne pourra pas beaucoup puiser dans son énergie lorsqu'il reviendra.

Galatée hocha la tête.

— Tu as vu l'annonce d'Atlas concernant la dernière Épreuve ?

Sa voix était hésitante, et je hochai la tête.

— Et tu as entendu qu'il a coulé une ville ?

Je hochai de nouveau la tête. Elle prit une longue inspiration.

— Je ne connais pas toute l'histoire, mais crois-moi quand je te dis que Poséidon n'est pas un dieu cruel. Il ne l'a jamais été.

— C'est… un meurtrier ?

— Il n'y a pas de dieux dans l'Olympe qui n'aient pas causé la mort, déclara-t-elle avec résignation. Mais Poséidon a bon cœur.

Mais bien sûr qu'elle dirait cela : sa fidélité au dieu de la mer était inébranlable.

— Eh bien, j'espère qu'il me parlera à la fois d'Atlas et de l'Atlantide, quand il sera réveillé, dis-je.

Alors même que les mots quittaient ma bouche, quelque chose s'alluma dans mon esprit.

Galatée me regarda attentivement.

— C'est la même chose, Almi.

Mon esprit tourbillonnait tandis que je la regardais.

Atlas.

Atlantide.

— L'Atlantis, c'est la ville d'Atlas ?

Galatée hocha la tête.

— Oui. Elle porte son nom. C'était une ville magnifique, assez puissante pour rivaliser avec un royaume.

— Et avec une fontaine qui pouvait créer la vie, murmurai-je.

Galatée fronça les sourcils.

— Comment sais-tu cela ?

— Elle en sait plus qu'elle ne le pense.

La voix de Poséidon retentit derrière nous, et nous nous retournâmes toutes les deux.

Il se tenait droit, vêtu de son pantalon bleu serré et sans chemise, le poitrail zébré de sangles pour tenir ses armes. Mais la moitié de son torse était de la couleur du granit. La pierre serpentait le long de son cou, rampant juste sur le côté gauche de sa mâchoire.

Mon cœur sembla ralentir dans ma poitrine alors que je le regardais et que ses yeux sauvages plongeaient dans les miens.

— Que s'est-il passé entre vous et Atlas ? demanda Galatée avant que je puisse dire un mot.

Je ne pus m'empêcher d'admirer l'autorité dans sa voix lorsqu'elle s'adressa à son roi. Cette femme n'accepterait pas qu'on lui dise non, peu importe à qui elle s'adressait.

— Nous avons eu une conversation.

La voix de Poséidon était teintée d'une colère à peine contenue, mais je ne pensais pas qu'elle était dirigée contre elle. Galatée frappa de son bâton sur le sol, sans prendre la peine d'essayer de contenir sa propre colère.

— Sire, vous auriez pu être tué ! À quoi pensiez-vous en nous renvoyant, Almi et moi ? Nous n'avons pas besoin de protection, mais vous oui !

— Ouais !

L'emportement de Galatée avait parfaitement résumé mon sentiment.

Poséidon tourna ses yeux furieux vers sa générale.

— Crois-tu vraiment, ne serait-ce qu'un instant, que je te juge incapable ou faible ?

Galatée ne dit rien, mais le doute passa dans ses yeux.

— Je vous ai fait partir toutes les deux parce que je savais ce qui allait arriver, et vous n'auriez pas pu aider.

— Encore ces conneries énigmatiques ? grondai-je en serrant les poings sur mes hanches, aux limites de ma patience.

Perséphone avait réparé mon corps avec son thé, mais émotionnellement, j'étais épuisée.

— J'en ai fini de ne connaitre que la moitié de l'histoire, Poséidon. Tu m'entends ? Fini.

Je croisai les bras sur ma poitrine et lui lançai un regard noir.

Il nous regarda tour à tour, moi et Galatée, puis laissa échapper un long soupir.

— La femme d'Atlas n'est pas une ennemie que vous pouvez affronter.

— Pourquoi ? J'ai projeté un Titan aquatique à travers l'océan sur un kilomètre, et Galatée est une dure à cuire !

— Je vais te dire ce qui s'est passé, mais il faut que tu me laisses commencer par le début.

Je baissai les bras.

— Bien.

— Nous irons dans l'aile est.

— Pourquoi ?

— Il y a un tableau. Cela m'aidera à te faire comprendre.

Me faire comprendre ? Cela semblait louche. L'appréhension m'envahit alors que je me retournais pour le suivre hors de la salle du trône.

Galatée toussa de nouveau, et il se retourna.

— Sire... Je vous présente mes excuses pour mon emportement. S'il s'agit d'une conversation que vous souhaitez avoir seul avec votre femme, alors je vous fais confiance pour me tenir informée plus tard.

Poséidon lui adressa un petit sourire reconnaissant. Pas le sourire franc qui s'était gravé dans mon cerveau, mais une expression rare, néanmoins.

— Je te ferai part de ce à quoi nous sommes confrontés dès notre retour de l'aile est. Merci, Galatée.

Nous n'échangeâmes pas un seul mot en traversant les couloirs du palais. Plus nous avancions, plus je devenais nerveuse. Comment diable n'avais-je pas fait le lien plus tôt entre Atlas et l'Atlantide ? Le Titan avait donné son nom à la ville, et je n'avais absolument pas remarqué la ressemblance.

Cela aurait-il fait une différence si j'avais compris ? Probablement pas. Mais cela expliquait pourquoi Poséidon avait été si réticent à parler de la ville engloutie. J'essayai de me rappeler ce que le livre avait dit à ce sujet. De toute évidence, l'auteur manquait d'informations vitales.

Je me tordais les mains alors que nous descendions un long escalier en colimaçon, à mesure que la lumière naturelle diminuait et que du marbre blanc remplaçait les murs de verre.

J'avais l'impression d'être une feuille flottant le long d'une rivière, ou une plume dans la brise : je n'avais plus aucun garde-fou et nulle part où m'accrocher pour me réconforter.

Mon temps passé avec Perséphone avait contribué à restaurer mes espoirs à propos de Lily. Mieux encore, je croyais maintenant qu'il pouvait y avoir – *devait y avoir* – un autre moyen de sauver tout le monde sans la perdre.

Mais vis-à-vis de Poséidon... je ne savais pas quoi ressentir. Je ne comprenais rien au fait d'être un dieu. Et pas seulement un dieu, mais l'un des trois dieux souverains les plus puissants de l'Olympe. Le pouvoir et la responsabilité qu'il exerçait, les amitiés et les menaces auxquelles il avait dû être confronté dans sa vie... Sa vie était à mille lieues de la mienne. Galatée venait de me désigner comme sa femme, mais ce n'était pas ce qu'il ressentait, malgré le lien indéniable qui nous unissait.

Comme s'il entendait mes pensées, il me regarda par-dessus son épaule. Ses cheveux blancs étaient ramenés en arrière par un simple cercle doré, et je voyais clairement ses yeux orageux.

Pouvais-je lui faire confiance ? Avait-il été la cause de la mort de centaines d'innocents, comme l'avait dit Atlas ? Et s'il était sur le point de me montrer à quel point il était vraiment horrible ?

Et si la raison pour laquelle il était si misérable, c'était parce qu'il avait vraiment le fond mauvais.

Et si j'étais liée à un monstre ?

ALMI

Nous entrâmes dans une pièce au bas d'un escalier sombre. C'était sinistre, et l'air sentait le moisi, avec une légère odeur d'humidité. Des tentures pendaient le long des murs, recouvertes d'une épaisse poussière. La seule lumière venait du plafond, qui brillait, tout comme celui de ma chambre, mais plus faiblement. Poséidon frappa doucement dans ses mains, et la lumière augmenta assez pour que je puisse voir correctement.

La pièce était beaucoup plus longue que je ne le pensais au début, et des statues bordaient les deux côtés. Certaines en marbre, d'autres en pierre et beaucoup de cassées. Un tapis bleu foncé courait au milieu, et quand je marchai dessus, un nuage de poussière s'en éleva autour de mes pieds.

— Il n'y a pas d'étoiles de mer ici, couina Kryvo de manière que je sois la seule à pouvoir entendre.

Kryvo n'avait donc rien vu dans cette pièce auparavant. Je jetai un coup d'œil à la première statue alors que nous marchions sur le tapis. C'était un satyre brandissant une flûte de pan, l'air diaboliquement joyeux. Un éclair d'inquiétude m'envahit à l'idée que ce soient des gens qui avaient été frappés par le fléau de la pierre, mais cette pensée se dissipa lorsque je tendis la main pour la toucher. La sensation ne ressemblait en rien à celle de la pierre qui s'était répandue sur les membres de Lily ou le visage de Poséidon. Cette pierre-là était gris foncé et marbrée. Celle-ci était du marbre blanc veiné de gris sombre. Et le satyre avait l'air heureux, pas comme s'il allait être changé en pierre.

Nous poursuivîmes notre chemin, et je remarquai que très peu de statues représentaient des créatures marines, contrairement au reste du palais. C'était peut-être pour cette raison que les copines étoiles de mer de Kryvo étaient absentes.

Lorsque nous arrivâmes à mi-chemin du couloir, Poséidon s'arrêta. Tendant la main, il agrippa des tentures rouges poussiéreuses et tira fort. Le tissu tomba par terre, ainsi que la barre métallique qui clinqua sur les carreaux en soulevant un énorme nuage de poussière autour de nous.

Quand la vue se dégagea, je vis la peinture murale sur le mur derrière les rideaux.

Je reculai d'un pas avant même de réaliser que mes jambes avaient bougé. Kryvo chauffa sur ma clavicule, à mesure que la chair de poule rampa sur ma peau.

La main verte.

Je voyais à quel corps cette main verte s'attachait.

Et j'avais déjà vu cette créature auparavant, mais pas comme ça... C'était celle de la statue de la dernière Épreuve, que nous avions trouvée cachée derrière la coulée de lave. Une belle femme avec des serpents en guise de cheveux.

Mais là… Là, elle avait été représentée très différemment.

Sa silhouette semblait se précipiter hors du tableau, si réaliste que cela m'avait surprise. Les serpents qui lui recouvraient la tête se dressaient, montrant les dents, les yeux malveillants et leurs écailles brillantes et dorées. Tout son corps était vert et écaillé, ses longues mains griffues prêtes à érafler le spectateur. Et ses yeux… Ils étaient reptiliens – jaune vif et fendus verticalement.

La beauté obsédante de la femme était toujours là, derrière la colère féroce. Il y avait de l'humanité dans ces yeux de serpent, j'en étais sûre. Ses pommettes saillantes et dignes et ses belles lèvres rouges charnues évoquaient ce qu'elle avait été autrefois.

Je savais avec une certitude absolue qui je regardais.

— La femme d'Atlas.

— Oui. Elle n'était pas comme ça quand il l'a épousée.

Je me tournai vers Poséidon, le souffle un peu court.

— Qu'est-ce qui lui est arrivé ? dis-je en baissant la voix, n'ayant presque pas envie de connaître la réponse. Tu lui as fait ça ?

Les yeux de Poséidon brillèrent d'un bleu vif pendant un instant, et je m'attendis à ce qu'il baisse le regard. Mais non.

— Non.

Le soulagement me submergea.

— Mais je suis responsable.

Mon estomac se noua à nouveau.

— Comment ?

— Elle s'appelle Méduse. Atlas et moi étions proches autrefois, et j'aimais beaucoup Méduse, jusqu'à ce que je découvre par hasard qu'elle avait un amant humain. Ce n'est pas rare parmi les dieux, et j'ai accepté de ne rien révéler quand elle m'a assuré que l'aventure n'était pas sérieuse. Mais l'homme avec qui elle trahissait son mari est mort. Elle est venue à moi, parce qu'elle savait que j'étais puissant et que j'avais l'oreille de Zeus et de Hadès. Elle m'a supplié de ramener son amant. J'ai refusé. Ramener la vie d'entre les morts, c'est une chose que seuls les douze Olympiens peuvent accomplir, et ils doivent tous être d'accord. Cela aurait été comme si je prenais position contre Atlas. Utiliser les Olympiens pour sauver l'amant de l'épouse de mon ami, ce n'était pas quelque chose que je voulais faire.

Il laissa échapper un long soupir et regarda le tableau.

— J'ai sous-estimé son chagrin et sa détermination. Atlas est un Titan primordial et sa ville abritait l'un des artefacts les plus puissants jamais créés. Même les dieux n'en connaissent pas l'origine.

— La fontaine de Zoi, soufflai-je.

— Oui. Pendant qu'Atlas rendait visite à Zeus, Méduse s'est glissée dans le palais et a essayé d'utiliser la fontaine pour ramener son amant. La fontaine s'est retournée contre elle. Elle a créé la vie, mais sous la forme d'un monstre. Et elle a utilisé son corps pour s'incarner.

Je frissonnai en regardant tour à tour Poséidon et la peinture.

— J'ai lu que la fontaine se retournait contre son utilisateur seulement si elle était utilisée avec une mauvaise intention, chuchotai-je.

— Elle était affligée et en colère. Contre moi. J'ai senti en premier l'explosion massive de puissance à la fontaine, car l'Atlantide était très proche de mon royaume. Je suis arrivé au palais avant tout le monde. Elle se tordait sous mes yeux, et je ne pouvais rien faire pour l'arrêter. À travers sa douleur, elle m'a dit que moi et mon royaume allions payer. Je crois qu'elle a essayé d'utiliser la fontaine non seulement pour ramener son amant, mais aussi pour nous faire du mal, à moi ou au Verseau. Quand Atlas et Zeus sont arrivés quelques instants plus tard, elle était devenue comme tu la vois ici. Elle a dit à Atlas que j'avais essayé de la séduire, puis utilisé la fontaine pour la transformer en monstre quand elle avait refusé. Si mon frère Zeus n'avait pas été là, Atlas m'aurait tué sur le coup. Hadès est arrivé, et nous nous sommes battus. Nous avons seulement vaincu Atlas quand d'autres Olympiens sont arrivés pour nous aider. Nous avons combiné nos pouvoirs pour bannir Atlas. Il n'est pas possible de tuer un Titan, mais nous avons pu l'envoyer dans un long et profond sommeil.

Il me regarda, ses yeux brillants et intenses.

— Méduse s'est échappée. Et elle a le pouvoir de changer les gens en pierre.

— En pierre, répétai-je.

Une sensation de malaise me traversa l'estomac alors que les pièces du puzzle se mettaient en place.

— En pierre. Avant que je puisse l'attraper, elle avait changé en pierre toute la population de l'Atlantide. Si tu la regardes dans les yeux, tu deviens une statue.

— Tu l'as regardée dans les yeux ?

— Oui, mais je suis un dieu. Cela ne m'a rien fait. À l'époque.

— Qu'as-tu fait d'elle ?

Il prit une inspiration.

— Je ne savais pas s'il y avait une chance de sauver les gens de l'Atlantide. Mais la fontaine était trop dangereuse pour qu'on l'utilise à nouveau, et je savais que Méduse était trop dangereuse pour qu'on la laisse vivre.

— Alors tu as coulé l'Atlantide.

Il acquiesça.

— Oui. Et je l'ai liée à la ville.

— Elle a coulé avec ?

— Oui.

— Elle a passé des siècles piégée seule au fond de l'océan, dans une ville pleine de statues qu'elle avait créées?

L'horreur de cette situation me rendit encore plus malade.

— C'était ça ou la tuer.

Honnêtement, je n'étais pas sûre de savoir ce qui était pire.

— Et quand Zeus a réveillé Atlas, il est descendu en Atlantide, l'a trouvée et libérée ?

— Oui. Je crois que les serpents dorés dont Galatée suit la trace répandent le fléau, et je pense qu'Atlas les a créés en l'honneur de Méduse. Et pour me faire comprendre que je le méritais. C'est la revanche d'Atlas. Il veut changer mon royaume en pierre, parce qu'il croit que j'ai poussé sa propre femme à infliger le même sort à sa propre cité.

— Et ça veut dire… Comme je suis ta femme, il veut me transformer en monstre ?

La lumière éclata dans les yeux de Poséidon, les vagues déferlant dans ses iris.

— La dernière Épreuve se déroule en Atlantide. La fontaine est en Atlantide, dit-il en hochant gravement la tête. Je crois que c'est ce qu'il va essayer de faire.

ALMI

Je dévisageai Poséidon, l'esprit bafouillant.

Une partie de moi était soulagée. Soulagée que le dieu devant moi ne soit pas la brute que je redoutais. Soulagée que mon instinct m'ait dit la vérité, que le lien que j'avais avec lui ait correctement lu son âme et son cœur.

Et enfin, une grande partie de ce qui arrivait au Verseau et à son roi avait du sens à mes yeux, maintenant. Je ne voyais pas quel était le rôle de Lily et de sa maladie du sommeil dans tout cela, et je ne savais toujours rien à propos du cœur de l'océan, mais Atlas et le fléau de la pierre…

— C'est la vengeance parfaite, dis-je doucement, en regardant l'image de Méduse.

— Oui. Je ne sais pas si j'ai été infecté par le regard de Méduse il y a des siècles, et que ça s'est seulement réveillé lorsqu'il l'a libérée, ou si j'ai été infecté comme tout le monde. Galatée pense que les serpents transmettent le fléau aux citoyens.

— Et tu penses qu'Atlas a créé les serpents ? Ils ne relèvent pas de la magie de Méduse ?

— Non, je pense qu'il les a créés pour que je sache ce que cela signifiait.

Je le dévisageai.

— Tu n'as pas soupçonné Atlas quand les gens ont commencé à se changer en pierre ?

— Personne n'avait vu les Titans depuis des siècles. Ceux que nous avons réussi à endormir ont disparu de leurs prisons en même temps, il y a de nombreuses années, et nous ne savons toujours pas qui était responsable. Avant qu'Océanos ne soit retrouvé et réveillé l'année dernière, les Titans originaux et primordiaux étaient présumés perdus.

Je clignai des yeux, me rappelant une fois de plus à quel point sa vie avait dû être différente de la mienne.

— Tu penses qu'il pourrait utiliser la fontaine pour me transformer en…

J'indiquai le tableau.

— Ça ?

Le tonnerre tonna au loin, et une vrille de pierre s'enroula sur sa joue.

— Je ne le lui permettrai pas.

— Il ne faut pas que tu utilises ton pouvoir, dis-je en tendant instinctivement la main pour lui toucher le bras.

Une envie de le protéger monta soudain en moi et me donna envie de combler l'écart et de l'embrasser, mais quelque chose m'en empêcha.

Sentant mon hésitation, il reprit la parole.

— Je ne voulais pas vous faire partir, toi et Galatée, de la boulangerie. Mais je ne connais pas d'autre moyen de lutter contre le regard de pierre des serpents que ma propre divinité. Je n'avais pas le choix.

Ces mots étaient sérieux et doux, et toute ma colère résiduelle se dissipa.

— Honnêtement, maintenant que je la vois, je suis plutôt contente que tu l'aies fait, chuchotai-je en retour. Pourquoi as-tu seulement cette peinture ici ?

— Il est impossible pour la plupart de la regarder en face, alors j'ai gardé une peinture, au cas où j'aurais un jour besoin de la montrer à un mortel.

— Pourquoi, si tu pensais l'avoir envoyée au fond de l'océan pour l'éternité ?

Je réprimai un autre frisson.

L'émotion remplit son regard, qui glissa vers les yeux reptiliens sur l'image.

— J'aurais pu demander aux Olympiens de le faire revenir. Son amant. Et je ne l'ai pas fait. Elle est devenue folle de chagrin.

— Tu es sûr qu'elle n'était pas folle depuis le début ?

— Elle était pleine d'énergie, intelligente et peut-être un peu cruelle, dit-il en penchant la tête, perdu dans sa mémoire. Mais la douleur du chagrin est réelle.

Je hochai la tête.

— Oui.

L'idée de perdre ma sœur était insupportable. Et maintenant, l'idée de perdre Poséidon, Kryvo ou Perséphone m'assénait aussi des coups de poignard de peur et de déni.

— Je ne savais pas à quel point elle l'aimait.

— Est-ce que tu aurais pris une autre décision si tu avais su ?

Il ne répondit pas pendant un moment. Puis il tourna la tête, fixant ses yeux sur moi.

— Beaucoup de choses ont changé depuis, dit-il calmement.

— Est-ce un oui ?

Ses cheveux tombèrent sur son visage quand il secoua la tête.

— Non.

Il leva un bras, désignant l'image.

— Je suppose que j'ai peint ceci pour me rappeler qu'elle avait été humaine autrefois. Et que toutes nos décisions ont des conséquences. Même les décisions d'un dieu et d'un roi.

L'importance de ces mots s'imposa lentement à moi et, pour la première fois, j'eus une image claire de l'homme qui se tenait devant moi.

Il comprenait l'amour et le chagrin. Il ressentait du regret, du remords et de la culpabilité. Il ne prenait pas sa position de dieu et de roi à la légère, même une fraction de seconde. Son contrôle rigide et sa gravité prenaient soudain tout leur sens.

Il craignait de prendre la mauvaise décision.

Il craignait de perdre le contrôle, car il comprenait et redoutait vivement les conséquences de ses actes.

Il ne devait y avoir aucune décision impulsive, aucun geste spontané – parce qu'il ne saurait pas comment ou ne serait pas capable d'en contrôler les conséquences.

Tout devait être mesuré, pesé et évalué, de peur que les conséquences ne soient aussi graves que Méduse.

Je le fixai, cherchant quoi dire. J'avais l'impression qu'on m'avait ouvert une fenêtre sur l'âme de cet homme, un aperçu du dieu que je n'aurais pas dû avoir. Et ça me déstabilisai un peu. Pas parce que je le craignais, mais le contraire. Mon respect pour lui grandissait de seconde en seconde. Et pour quelqu'un comme moi, le respect était le plus important.

Je me jetai sur la chose la moins sérieuse que je puisse trouver, n'ayant pas envie de poursuivre cette route dans mon esprit.

— Tu as peint ça ? Tu es assez doué.

— Je peins de plus belles marines, dit-il.

Et j'entendis une pointe d'amusement pince-sans-rire dans sa voix basse.

Je fis un pas vers lui, enroulant mes bras autour de sa taille et pressant mon visage contre son torse solide. Il se tendit un moment, puis sa main traça un chemin le long de ma colonne vertébrale, avant de s'aplatir sur mes reins et de m'attirer plus fort contre son corps.

J'avais tellement envie de l'embrasser. Je voulais qu'il sache que j'avais compris et qu'il n'avait rien fait de mal. Cette Méduse aurait probablement pété les plombs et tout foutu en l'air toute seule. Mais je n'osais rien dire qui risquerait d'approfondir notre lien. *Qui risquerait de me faire encore plus mal au cœur que maintenant.*

— Il faut qu'on trouve un moyen de survivre et de gagner l'Épreuve de l'Atlantide, déclara Poséidon.

Et je fus soulagée qu'il change de sujet en faveur de quelque chose de plus pragmatique.

Et il avait raison. Il fallait que je trouve le moyen de convaincre l'air de faire équipe avec moi pour survivre à cette satanée Épreuve et garder Poséidon en vie, mais pas assez pour embrasser pleinement mon pouvoir et tuer ma sœur.

— Je pense que j'ai énervé ma magie de l'air, dis-je contre sa poitrine.

— Alors tu ferais mieux de t'excuser.

ALMI

Un silence étrangement confortable s'installa entre nous alors qu'il nous conduisait hors du hall poussiéreux par les escaliers en colimaçon du palais.

— Tu sais, on pourrait arriver aux écuries des pégases beaucoup plus rapidement si tu me laissais nous flasher là-bas, déclara Poséidon en me coulant une œillade de côté.

Je lui avais dit de ne pas nous flasher n'importe où : malgré ses protestations à propos du fait que cela ne consommait pas beaucoup de magie, si seuls les dieux pouvaient le faire, je me disais que cela suggérait le contraire.

— Je veux voir comment y aller sans flasher, dis-je.

Ce qui était en partie vrai. J'étais nerveuse à l'idée de réessayer de parler à l'air. La plate-forme au sommet des écuries était l'endroit idéal pour le faire, étant donné que c'était là-bas que je m'étais liée consciemment pour la première fois avec ma magie. De plus, je pourrais voir Bleu.

— Tu ne peux pas, déclara Poséidon.

— Quoi ?

— Tu ne peux pas aller à mes écuries personnelles sans flasher.

— Alors comment on va y arriver ?

Il me jeta un autre coup d'œil, et j'aurais pu jurer avoir vu une pointe d'excitation dans son regard.

— Le palais a des secrets.

— Tu parles, Charles , dis-je.

Il haussa un sourcil.

— Tu en as vu quelques-uns ?

Je regardai brièvement l'étoile de mer cramponnée à ma peau.

— Ouais.

Il suivit mon regard, et ses sourcils se froncèrent. Je crus qu'il allait se renseigner, mais il ne dit rien.

Je le suivis jusqu'à sa salle du trône, où il marcha vers une statue imposante de triton. Elle était au fond de la salle ronde, et le personnage avait la tête penchée en arrière et un trident pointé vers le plafond. Le triton de marbre était aussi grand que Poséidon, ce qu'il démontra en tendant la main pour saisir la branche centrale du trident, que peu d'autres gens auraient pu atteindre.

Une lumière bleue se répandit dans la pièce, et un fort déclic retentit. Je haletai lorsque le plafond au-dessus de nous commença à changer, une lumière brillante inondant les images complexes qui y étaient peintes.

En quelques instants, le plafond en forme de dôme avait complètement disparu, et un ciel clair se dévoila au-dessus de nos têtes, avec les nuages aux couleurs pastel de l'Olympe qui moutonnaient.

— Mais… mais… on est sous l'eau ?

Les lèvres de Poséidon s'étirèrent, puis il posa ses doigts sur ses lèvres et siffla. Il ne se passa rien pendant un moment, puis deux minuscules points apparurent dans le ciel lumineux au-dessus de nous. Bleu et Chrysos devinrent plus nets à mesure qu'ils volaient vers nous, et mon cœur se remplit de bonheur à la vue du pégase.

— Bleu !

Il atterrit gracieusement devant moi, massif et majestueux dans la salle du trône. Je tendis la main, passant les doigts sur son museau. Il renâcla joyeusement.

— Prête ?

Poséidon s'approcha de moi, et il me saisit par la taille quand je hochai la tête, me soulevant facilement sur le dos du pégase. Bleu tapa du sabot, et nous décollâmes.

Dès que l'air frais de l'océan me fouetta le visage, je sentis un ruissellement de calme pénétrer le bouillonnement émotionnel des dernières heures. Je fermai les yeux, agrippant la crinière de Bleu et laissant la brise m'engloutir.

— Je suis désolée si je t'ai donné l'impression que je ne voulais pas de toi, dis-je à haute voix.

Mes mots n'étaient qu'un murmure, le vent les arrachant de mes lèvres à mesure que je les prononçais.

— Le truc, c'est que j'aime ma sœur. Et ça pourrait la tuer que je t'accepte.

Je pris une profonde inspiration quand je sentis Bleu plonger en piqué et qu'une grande rafale d'air souffla sur moi, faisant fouetter mes cheveux autour de mon visage.

— Et ça… Eh bien, ça me briserait. En un million de morceaux. Qu'on ne pourrait plus jamais recoller.

Je crus sentir le vent s'immobiliser pendant une fraction de seconde, puis il souffla encore plus fort autour de moi.

— Tu penses qu'on pourrait faire comme avant ? Tu m'aides, juste le temps que je trouve le moyen de résoudre tout ça ?

J'ouvris un œil avec espoir, puis l'autre.

Un petit tourbillon tournoya autour de moi, soulevant la crinière de Bleu et rebondissant sur mes bras.

— Salut ! dis-je joyeusement.

Voir mon petit copain aérien me remplit de joie, autant que de voir Bleu, et non pas parce que j'avais besoin de magie. Parce que c'était ce que je *voulais*.

Le tourbillon s'éloigna, et je me tordis pour le regarder se diriger vers Poséidon et Chrysos. En volute, il tourna autour du dieu de la mer, lui soulevant les cheveux, puis la queue de Chrysos. Le pégase d'or hennit et donna des coups de pied agacés, et je ris à haute voix.

Chrysos accéléra de manière que Poséidon soit juste à côté de moi.

— On dirait que tu as été pardonnée, dit platement le dieu en regardant la petite tornade espiègle siffler autour de lui.

Je lui adressai un sourire radieux.

— On dirait.

Mon sourire sembla l'attendrir, et une faible ombre de ma joie lui étira les lèvres.

— Il faut qu'on aille à mon vaisseau. J'aimerais te faire visiter les lieux avant qu'on se lance dans cette dernière Épreuve.

Il y avait une finalité grave dans sa voix qui ne me plaisait pas du tout.

— Puis-je d'abord récupérer mes affaires ?

— Oui. Je dois expliquer à Galatée ce à quoi nous sommes confrontés, avec Méduse. J'aurais dû le lui dire plus tôt.

— Probablement.

— Ramène Bleu à la salle du trône et emballe tes affaires. Je te retrouve sur le bateau dans une heure.

ALMI

Je fixais du regard la ceinture sur mon lit, avec tout ce que je possédais bourré dans ses poches ensorcelées.

— Je pense que c'est tout, dis-je.

— Pourquoi parles-tu comme si tu n'allais pas revenir ?

La nervosité de Kryvo était évidente à sa voix couinante.

— Je ne suis pas sûre, mentis-je.

Il y avait eu une finalité indéniable dans la voix de Poséidon quand il m'avait dit de faire mes valises, et je savais qu'il ressentait la même chose que moi.

On y était. La dernière Épreuve.

Si l'un des sbires d'Atlas gagnait, c'était *game over*. Si j'acceptais accidentellement tout mon pouvoir et tuais ma sœur, je ne savais pas ce que j'allais faire, mais j'étais à peu près sûre que cela n'impliquerait pas de revenir au palais. Et si mes sentiments pour le dieu compliqué et torturé qui était officiellement mon mari grandissaient encore... Eh bien, c'était *game over* aussi. Si Perséphone avait raison, et qu'il m'aimait.

Chassant cette pensée, je pris la ceinture et l'attachai. Pour la première fois, je me sentais bien préparée pour la prochaine Épreuve. Je me sentais forte et alerte, probablement grâce à la magie de guérison de Perséphone. Mon tatouage de coquille était aux trois quarts rempli de couleur, mais mon envie de l'admirer s'était évanouie.

— Es-tu sûre de vouloir venir avec moi ? demandai-je à Kryvo.

— Je ne vais même pas répondre à cette question, dit-il avec humeur.

Je souris.

— Je vérifie juste. Je savais que tu ne m'abandonnerais pas devant le dernier obstacle, lui dis-je.

Il chauffa sur ma peau.

— On peut prendre mon coussin, s'il te plaît ? Je sens que le voyage sera long jusqu'au fond de l'océan.

Je pris son coussin et le rangeai dans la ceinture.

Ce serait probablement un long voyage. Et si l'auteur du livre avait raison, ce serait aussi dangereux. Poséidon n'avait plus aucun contrôle sur les créatures qui habitaient les profondeurs de la mer.

Je pris une grande inspiration.

— Alors. Mes objectifs sont…

Je levai la main et cochai sur mes doigts.

— Atteindre l'Atlantide sans me faire dévorer, trouver le plus de coquillages et remporter l'épreuve, utiliser mon pouvoir sans l'accepter pleinement, ne pas tomber amoureuse et ne pas être changée en monstre par un dieu primordial et tout puissant.

— Tu as oublié : guérir le fléau de la pierre et sauver le Verseau.

— Merde.

— Merde, répéta la petite étoile de mer.

~

De retour dans la salle du trône, je fus surprise d'y voir non seulement Poséidon, mais aussi Hadès, Perséphone et Galatée.

— Je t'ai fait ça, déclara Perséphone en s'avançant pour me tendre quatre flacons de liquide brun. C'est le thé de chez moi, mais j'ai rajouté un petit extra. Ça guérira la plupart des blessures légères à graves, mais uniquement avec du repos.

— Merci, dis-je avec reconnaissance, en les rangeant dans une pochette à ma ceinture.

— J'espère que tu n'en auras pas besoin. Et je suis désolée de ne pas pouvoir t'aider davantage, dit-elle avant de m'étreindre chaleureusement. Sache qu'on le ferait si on le pouvait.

— Je sais, lui dis-je.

Elle recula, et le regard de Hadès attira mon attention.

Veille sur mon frère, dit-il, mais sa voix résonnait dans mon esprit. Je hochai la tête. Galatée s'avança, tendant formellement la main.

— Je veux que tu saches que je crois que tu es la meilleure chance de notre roi. Et que je suis convaincue que tu sauveras notre royaume de la destruction.

Je pris sa main tendue, essayant de réprimer un sourire maladroit alors qu'elle serrait la mienne.

— Je ferai de mon mieux, dis-je.

— Je sais que tu le feras. Au fait, je pense toujours que tu es bizarre.

Elle m'adressa un vrai sourire, son visage s'illuminant d'un amusement ironique.

Impulsivement, je tirai sur son bras, l'attirant dans une brève étreinte. Elle se raidit et parut un peu alarmée quand je me dégageai.

— J'ai décidé d'accepter ma bizarrerie.

— Probablement pour le mieux, acquiesça-t-elle. Écoute, je veux te donner quelque chose.

Elle sortit son poignard de son fourreau et me le tendit. C'était celui qu'elle m'avait prêté pour la dernière Épreuve.

— Mais...

Elle m'avait donné la forte impression que le poignard était important pour elle, et la sculpture complexe du manche suggérait qu'il était précieux. Je levai les yeux du poignard vers elle.

— C'est à toi.

— Et maintenant, c'est à toi. Si je ne peux pas participer à la défaite de ce salaud d'Atlas, alors au moins, tu peux prendre mon arme pour le combattre.

— Tu en es sûre ?

— Oui. Tu l'as bien mérité, Almi.

— Merci. Je suis honorée.

— Prouve-le, en gagnant.

Je hochai la tête et glissai le couteau dans la sangle de ma jambe, maintenant à l'extérieur de mon pantalon en cuir serré.

— Tu es prête ? demanda Poséidon.

Je balayai du regard la salle du trône. Tous les gens ici étaient devenus mes amis, y compris Kryvo et Bleu. Je ressentis une vague de réticence à partir, à l'idée de simplement profiter de la compagnie de ces personnes s'il n'y avait pas eu tout un tas de conneries mortelles dans notre vie.

Je n'avais jamais voulu autre chose que Lily, auparavant. Et maintenant... ? Maintenant, je voulais une vie. Ici, avec ces gens.

Je voulais toujours Lily. Merde, combien je voulais toujours Lily. Mais je voulais que Lily rencontre mes nouveaux amis, profite de leur compagnie, joue avec ma magie de l'air, explore le palais, puisse chevaucher Bleu – et une centaine d'autres choses que cette vie pouvait nous offrir.

— Almi ?

La voix de Poséidon était douce et me sortit de ma rêverie inattendue.

— Oui. Je suis désolée. Je suis prête.

Je regardai Perséphone.

— Merci pour tout. Si on ne se revoit pas, tu m'as sauvé la vie et, aussi stupide que cela puisse paraître, tu m'as prouvé que je pouvais avoir des amis.

Je regardai Galatée.

— Toi aussi. Merci à vous deux.

Perséphone m'adressa un sourire encourageant, et Galatée eut l'air encore plus gêné.

— On se verra dès que tu seras de retour, dit fermement Perséphone.

— De préférence victorieuse et avec son trident, ajouta Hadès en montrant son frère de la tête.

Poséidon lui adressa un regard, puis me hissa sur le dos de Bleu. Je fermai rapidement les yeux, laissant juste une seconde l'émotion me submerger. Puis, rassemblant ma résolution, je serrai le pégase entre mes cuisses.

— Allons-y, Bleu, murmurai-je.

Et le pégase s'élança dans les airs.

Dès que nous nous élevâmes dans le ciel vide au-dessus du Verseau, ma petite tornade apparut, dansant autour de nous alors que nous nous élevions plus haut.

Je ne pouvais voir le vaisseau de Poséidon nulle part, mais Bleu semblait savoir où il allait, alors je me cramponnai et profitai du voyage.

Au bout de quelques instants, nous traversâmes un gros nuage couleur corail, et comme si un voile se levait, le vaisseau étincelant de Poséidon se révéla dans toute sa splendeur. Bleu atterrit sur le pont, puis Poséidon à quelques mètres de là. Ses cheveux étaient balayés par le vent, et son regard chargé d'émotion tomba sur moi alors qu'il sautait de Chrysos.

— Tu les aimes.

C'était une affirmation, pas une question. Il s'avança vers moi avec une détermination presque alarmante. Je descendis du dos de Bleu.

— Oui.

— Tu as gagné le respect de ma générale et de mon frère.

— Par chance, plutôt que par mérite, je pense, dis-je en haussant les épaules maladroitement.

Poséidon s'arrêta à un pied de moi.

— Tu es plus que tu ne le penses, Almi.

Des nuages d'orage passèrent devant ses yeux.

— Peut-être.

Il y a quelques jours, j'aurais protesté. Mais avec mon pouvoir qui s'éveillait, et la responsabilité de tant de vies sur mes épaules, il *fallait* que je sois plus que je ne pensais être. Je n'avais pas le choix.

— J'aimerais pouvoir te montrer.

Je fronçai les sourcils à ces mots.

— Me montrer quoi ?

Il secoua la tête, reprenant progressivement le contrôle de ses traits, et la tempête dans ses yeux s'évanouit.

— Le navire. Il faut que je te montre le navire.

En temps normal, j'aurais insisté pour découvrir ce qu'il avait vraiment voulu dire. Mais dans mes tripes, je savais que ç'aurait été trop dangereux de l'entendre. Je pouvais voir le courant sous-jacent de désir sur sa figure, sentir son envie déferler de lui.

— Oui. Montre-moi le navire.

Nous nous regardâmes un peu plus longtemps, puis il se retourna. J'attendis assez longtemps pour que mon pouls ralentisse, puis je le suivis.

ALMI

ous descendîmes une courte série de marches jusqu'au pont principal du navire. Les glorieuses voiles solaires gonflaient, immenses et fières, au-dessus de nous, scintillantes comme du métal liquide. Poséidon marcha vers les balustrades, et je le suivis.

— Il y a des arbalètes montées à intervalles réguliers le long des bastingages du navire, me dit-il d'un ton tout à fait professionnel. On les charge de carreaux fabriqués à partir d'un matériau similaire à celui des voiles solaires. Cela signifie que plus nous descendons en profondeur, moins il y a de lumière, et moins nous avons de munitions.

— Comme une batterie qui s'épuise dans le noir.

Il m'adressa un petit froncement de sourcils par-dessus son épaule.

— Je ne sais pas ce qu'est une batterie.

— Une sorte de réserve d'énergie, qui s'épuise quand on l'utilise entièrement.

— Alors oui.

— Comment le navire continue-t-il à marcher sans lumière pour alimenter les voiles ?

Cette fois, quand il me regarda par-dessus son épaule, il avait une expression empreinte de fierté.

— Ce navire est spécial. C'est le seul de tout l'Olympe à pouvoir changer ses voiles en voiles de pagos.

— Des voiles de pagos ?

— Elles sont alimentées par le froid.

— Et il fait froid sous la mer ?

— Oui. S'il y avait de la lave lors de la dernière Épreuve, c'était parce que nous étions à la frontière du royaume volcanique du dieu forgeron, mais il fait généralement frais au fond de l'océan. Et les profondeurs où nous allons devoir descendre sont extrêmement froides.

Je fronçai les sourcils. J'avais passé assez de temps dans l'eau froide pendant l'Épreuve du royaume d'Apollon.

— J'aurai peut-être besoin de t'emprunter ta toge, une fois encore, dis-je.

— Avec un peu de chance, on ne se mouillera pas. Je n'ai presque plus de magie de l'eau, et tu as de la magie de l'air, dit-il avec ironie.

— Si tu as le seul vaisseau qui puisse voguer dans l'eau, comment les autres vont-ils descendre jusqu'à l'Atlantide ?

Poséidon haussa les épaules.

— Céto est un monstre marin, elle n'aura donc aucun problème. Et Kalypso est un Titan aquatique. Elle pourra inventer quelque chose, j'en suis sûr. Polybotès cependant, je ne sais pas. Les géants ont des liens étroits avec les forges d'Héphaïstos, alors il pourra peut-être y chercher de l'aide.

Il se retourna vers la grande arbalète montée sur la rambarde.

— Pour tirer, tu tends ta volonté vers l'arme, tout comme tu l'as fait pour diriger le Vent-Travers lors de la première Épreuve.

Je le suivis sur le pont du navire, notant mentalement tout ce qu'il me disait à propos de son fonctionnement. Nous passâmes en revue ce qu'il fallait faire si les voiles étaient endommagées, comment fonctionnait l'énorme harpon à l'avant du navire et où se trouvaient toutes les trappes d'urgence pour se réfugier sous le pont si les haleurs ne fonctionnaient pas.

L'ironie de la situation – Poséidon m'apprenant lui-même à contrôler le navire que j'avais initialement prévu de lui voler – ne m'échappait pas alors que nous remontions les marches vers le pont.

Il parlait comme si j'allais avoir besoin de savoir tout cela en son absence, et au fond de moi, j'avais très envie de l'arrêter, n'ayant pas envie d'apprivoiser l'idée de le perdre pour une raison quelconque. Mais c'était inutile. Il se sentirait mieux s'il pensait que je pouvais piloter le vaisseau sans lui, et ça ne ferait certainement pas de mal de le savoir.

Il m'expliqua comment me tenir correctement à l'énorme gouvernail du navire, de manière à ne pas me laisser emporter par les mouvements de la roue, et il me montra encore une autre arme à l'arrière du pont, celle-ci ressemblant plutôt à un putain de canon.

— L'autre chose que tu dois connaître sur le pont du navire, c'est l'enclos à pégase.

— Le quoi ?

Il désigna un sceau en métal doré brillant sur les planches, sur le côté gauche du navire. La forme représentait un cheval ailé. Il s'accroupit. Le mouvement lui fit gonfler les muscles des épaules, et un scintillement d'appréciation pétilla à travers moi.

Il appuya du bout des doigts sur le symbole métallique.

— Pense à Bleu en le touchant, déclara-t-il.

Un vrombissement se fit entendre, puis je vis du mouvement au-delà des balustrades. Quand je marchai dans cette direction pour regarder par-dessus bord, une section entière du navire était en train de coulisser, dévoilant une petite écurie sans toit.

— C'est incroyable !

— Ils dormiront et se reposeront là. Ils n'auront pas très envie de rester à l'intérieur des écuries lorsque la trappe est refermée, car ce sont des créatures incroyablement claustrophobes.

Je hochai la tête en signe de compréhension.

— Je comprends.

— Tu es claustrophobe ? me demanda-t-il.

— Je n'aime pas l'idée d'être prise au piège.

— Qui aime ça ?

Je lui lançai un regard entendu.

— Tu choisis ta propre prison, ô puissant, dis-je en lui faisant une fausse révérence pour souligner mon propos. Tu peux aller n'importe où, faire n'importe quoi. Si tu ne le fais pas, c'est ton choix.

La lumière brûla un instant dans ses yeux, puis il se retourna vers le bastingage.

— La dernière chose sur le pont, c'est le bouclier sous-marin.

Il retourna à la barre du navire et pointa du doigt le trident gravé au milieu.

— Touche ça en souhaitant te protéger de l'eau. Un bouclier magique apparaîtra autour du vaisseau.

— Y compris l'écurie ?

— Oui.

— Chouette.

— Quelle chouette ?

— Non, c'est un mot humain pour dire que c'est bien.

Il haussa les sourcils.

— Les humains m'intriguent et m'ennuient à la fois.

— Alors tu as rencontré les mauvais humains. Ils sont loin d'être ennuyeux, crois-moi.

Il pencha la tête.

— Si on survit à tout ça, tu me montreras le monde humain ?

Son attitude et sa question évoquaient si peu la divinité que je restai momentanément sans voix. Il ressemblait à un type normal, demandant à quelqu'un de sortir avec lui.

Il se redressa quand je ne répondis pas.

— Si tu m'en veux encore de t'avoir obligée à passer autant de temps là-bas, alors je comprends.

— Non, je ne m'attendais pas à ce que tu me demandes ça.

Il s'arrêta.

— Est-ce que ça veut dire que tu ne m'en veux pas ?

Je fronçai les sourcils.

— Oh, je t'en veux toujours. Mais j'imagine qu'il y avait des endroits supers dans le monde humain. La Californie, c'était particulièrement génial.

Je me demandai à quel point ce serait encore plus génial d'y aller avec un dieu de l'eau tout-puissant. Imaginer Poséidon en short hawaïen sur une planche de surf, exécutant des acrobaties époustouflantes sur les vagues, me fit sourire.

— C'est là où…, commença Poséidon.

Puis il referma brusquement la bouche.

— Là où quoi ?

Un muscle tressauta à sa mâchoire quand il serra les lèvres l'une contre l'autre. Quand je compris qu'il n'allait pas me répondre, je secouai la tête.

— Et tu trouves que je suis bizarre. Quoi qu'il en soit, oui. Si on survit à tout ça, je te montrerai les endroits que j'ai appréciés dans le monde humain.

— Ça me plairait.

On aurait dit que ces mots lui avaient été arrachés des lèvres.

— Je dois te montrer ce qu'il y a sous le pont, maintenant.

ALMI

Encore une fois, je décidai de ne pas pousser le dieu de l'océan. S'il pensait qu'il valait mieux garder pour lui ce qu'il avait voulu dire, il y avait probablement une bonne raison.

Je le suivis jusqu'au haleur à l'arrière du pont. Contrairement à celui qui était accroché à l'extérieur du bateau, celui-ci descendait au milieu, entre les planches, comme un ascenseur en bois.

Quand il arriva au fond, Poséidon mit fin au silence un peu gêné.

— Il y a deux niveaux là-dessous. Le plus bas, c'est où il y a toutes les armes et la cargaison, et l'autre, ce sont les cabines et la cambuse.

— La cambuse, c'est la cuisine ?

— Oui.

Le transporteur n'avait pas de porte, et Poséidon fit un geste vers l'espace devant nous sans en sortir.

— C'est la soute.

Il y avait beaucoup de grandes caisses en bois et d'objets aux formes particulières recouvertes de draps. Des hublots ronds laissaient entrer des rayons de lumière, mais il faisait quand même sombre. Sous chaque hublot se trouvait un canon qui traversait la coque du navire.

— Ces canons se rechargent aussi par magie ?

— Oui. Et contrairement à ceux du haut, ils peuvent tirer des munitions légères et froides.

— Donc ils fonctionneront quand on sera loin dans les profondeurs ?

— Oui. Et c'est le navire lui-même qui les contrôle. Elle se défendra contre les menaces, mais il faudra la diriger, car elle peut seulement tirer, pas viser ou se déplacer elle-même.

— D'accord.

Le transporteur remonta, nous emmenant au niveau supérieur.

Cette fois, je me retrouvai devant un long couloir joliment décoré. Les doubles portes à l'autre bout étaient sculptées en forme de coquillage et brillaient du même éclat nacré que la peau de ma sœur.

Poséidon sortit du transporteur et entra dans le couloir.

— Ce sont des cabines pour les invités, dit-il en montrant d'un geste les portes en bois que nous dépassions, s'arrêtant lorsqu'il arriva devant une avec une grande vague écumante peinte dessus. Voilà la cambuse.

Il poussa la porte, et je regardai à l'intérieur.

Toutes les surfaces étaient en bois riche et sombre, et les murs étaient peints en bleu pâle. Il y avait des éviers et des comptoirs, des porte-couteaux et des placards.

— La cuisine, dis-je avec un hochement de tête. Compris.

— Tu sais cuisiner ?

Voilà une autre question inattendue.

— C'est la journée des quizz, dis-je en le regardant.

— C'est quoi, un quizz ?

Je ris.

— Cela n'a pas d'importance. Oui. Je sais cuisiner. Ma caravane était garée près d'un restaurant italien, et ils avaient pour habitude de donner toute leur nourriture invendue qui risquait de pourrir. Je fais des putain de pâtes.

— Alors tu vas cuisiner pendant ce voyage.

Je haussai un sourcil.

— On appelle ça un voyage, maintenant ?

— C'est ainsi qu'on devrait appeler toute grande entreprise sur mon navire, dit-il en carrant les épaules.

— Je préfère les voyages aux Épreuves, dis-je. Tu sais cuisiner ?

— Bien sûr.

— Alors pourquoi est-ce que je vais cuisiner pendant le voyage ?

— Je suis roi.

Il y avait une espièglerie dans sa voix, pas de l'arrogance, et je décidai de jouer le jeu.

— Oh je vois, dis-je en m'inclinant très bas. Je préparerai à mon roi la meilleure cuisine italienne qui ait jamais honoré ses lèvres.

— Je ne vois pas de quoi tu parles, mais j'ai hâte.

Je lui souris. Il me dévisagea un instant, puis se détourna. Mon sourire glissa.

— C'est le mess, ou le réfectoire.

Il poussa une autre porte pour révéler une pièce qui semblait convenable pour qu'un roi y mange. Des boiseries en cerisier bordaient un espace abritant une longue table, et les hublots le long du côté coque de la pièce étaient entourés d'anneaux dorés étincelants. Des créatures marines étaient peintes au plafond dans le même style que sa salle du trône, et je voulus immédiatement y passer du temps.

— C'est adorable.

— Oui.

Il ferma la porte.

— Mes appartements sont là-bas, dit-il en désignant les doubles portes au bout. Tu peux prendre cette chambre.

Il indiqua une porte différente à l'extrémité gauche du couloir, dont la cabine partageait vraisemblablement une cloison avec la sienne.

Je passai devant lui et poussai la porte.

C'était agréable : un petit lit simple contre un mur, deux petits hublots laissant entrer la lumière, et un coffre rempli de draps et de ce qui ressemblait à des chemises. Les murs étaient du même bleu pâle que la cambuse. Il y avait une porte qui menait à une salle de bain.

— Tu sais, un gentleman donnerait à la dame la plus grande chambre, dis-je en reculant dans le couloir pour regarder les immenses portes de sa chambre.

Il ne dit rien, mais le muscle de sa mâchoire se remit à tressauter.

— Puisque nous faisons le tour, je n'ai qu'à visiter ta chambre aussi.

Avant qu'il ne puisse m'en empêcher, j'ouvris les portes de sa cabine.

— Ouah.

La pièce était à l'avant du navire, donc en forme de V, et elle occupait *tout* l'espace. Au lieu de hublots, d'énormes baies vitrées pleine hauteur bordaient les murs du fond. Un lit en forme de coquille se dressait majestueusement au milieu de la pièce et parvenait, d'une manière ou d'une autre, à avoir l'air chic plutôt que ringard. J'entrai dans la pièce, tournant lentement sur moi-même. Le plafond, sans surprise maintenant, était peint d'une belle scène de corail, avec des tortues, des ondins, des dauphins, des baleines et des hippocampes voletant dans le jardin sous-marin.

Le long du mur du fond, de chaque côté de la porte, se dressaient de hautes bibliothèques couvertes d'ornements, de petites statues et de livres. Une porte menait à ce qui devait être la chambre en face de la mienne dans le couloir. Une salle de bain ? Je marchai jusque-là et l'ouvris.

Ce n'était même pas une salle de bain. C'était une plage d'intérieur. Du sable blanc et doux recouvrait le sol autour de ce qu'on aurait appelé une piscine plutôt qu'une baignoire. Le mur du fond était une cascade, l'eau s'écoulant d'une fissure dans le mur vers le bassin vert bouillonnant. Des miroirs brillants et de grandes fenêtres s'alternaient sur les murs, reflétant la lumière vive autour de la pièce. Cela ne sentait pas le savon, comme dans une salle de bain normale, mais la mer, fraîche et accueillante.

Je restai bouche bée devant Poséidon.

— Je pourrai au moins prendre un bain ici ?

Ses yeux s'assombrirent, sa mâchoire contractée quand il baissa la tête.

— Si tu enlèves tes vêtements dans cette pièce, je ne serai pas responsable de mes actes, grogna-t-il.

La couleur me jaillit sur les joues, et je déglutis. Mes mains me démangèrent sous l'envie de retirer mon haut tout de suite. Mais c'était une mauvaise idée, et nous le savions tous les deux.

— C'est une belle pièce, dis-je bêtement à la place.

— Tu voudrais la prendre ? gronda-t-il.

Je clignai des yeux.

— Qui diable dirait non à ça ?

— Je n'ai offert mes quartiers à personne de toute ma longue vie. Donc je ne sais pas qui dirait non à ça.

Je recherchai une trace d'amusement dans sa voix, mais il n'était plus qu'une tour de deux mètres de haut, pleine d'énergie électrique, et j'avais la nette impression que, si je le poussais un peu plus loin, il pourrait exploser.

— Pourquoi tu me la proposes, alors ?

— Tu es ma femme.

Mon cœur rata un battement. *Sa femme.* J'avais été sa femme toute ma vie d'adulte, mais je n'avais jamais été traitée comme telle. Je regardai le lit, puis lui.

— Je ne sais pas si tu tiendras dans le lit simple de l'autre pièce.

Ses yeux s'illuminèrent.

— Tu as mal compris. Je n'ai pas proposé qu'on échange nos chambres.

De la chaleur tourbillonna à travers moi dans une interminable volute.

— Tu veux dire… partager ?

Je regardai par-dessus mon épaule l'énorme lit recouvert de riches draps de soie bleu marine. Des images vives m'envahirent la tête – nous dans la piscine ensemble, tout son corps glorieusement exposé, moi allongée sur le lit, dominée par sa forme magnifique.

— Oui. C'est ce que je voulais dire.

— Est-ce une bonne idée ?

Ma voix était un murmure rauque.

— Non.

— Ah bon.

Mon visage chauffait tellement que c'en était gênant. Je me retournai et passai délibérément devant lui, jusqu'aux portes ouvertes de ses appartements.

— J'ai besoin d'air.

— *Ça*, c'est une bonne idée.

Je me dirigeai vers le transporteur à l'autre bout du couloir, et remarquai seulement en y arrivant que Poséidon ne m'avait pas suivie. Je le vis disparaître dans la cuisine et en fus soulagée.

Quand j'arrivai sur le pont supérieur, l'air frais de l'océan calma la chaleur qui envahissait mon corps. Partager une chambre avec lui, ce n'était pas seulement une mauvaise idée, c'était sacrément dangereux. Mon esprit revint joyeusement à ce qu'il m'avait fait ressentir dans le palais d'Aphrodite, faisant resurgir instantanément un peu de la chaleur sur mon visage. Et au sud de mon ventre

J'étais peut-être en danger mortel de tomber amoureuse de lui, pensai-je tristement.

Pour être honnête avec moi-même, les petites questions qu'il m'avait posées et qui suggéraient qu'il voulait vraiment apprendre à me connaître étaient tout aussi dangereuses.

De la distance.

Nous étions peut-être coincés ensemble sur le navire, nos objectifs et nos destins étroitement liés, mais je devais garder autant de distance que possible entre moi et la bombe à retardement qu'était mon mari.

ALMI

*D*es pas me firent me détourner de l'endroit où j'étais appuyée contre la balustrade. Poséidon venait vers moi, deux tasses fumantes dans les mains, et m'en tendit une.

— Merci.

Il se contenta de hocher la tête.

— Combien de temps durera le voyage vers l'Atlantide ? lui demandai-je en tâchant de rester concentrée sur l'aspect pratique.

— Deux jours.

— J'ai lu quelque chose à propos de monstres marins qui gardent la route.

Il avait l'air grave lorsqu'il s'appuya contre la balustrade à côté de moi.

— Oui. Deux des créatures les plus dangereuses qui habitent les mers.

Mon estomac se tordit d'appréhension.

— Les plus dangereuses ? Pires que le talontaure ?

J'avais entendu des histoires en grandissant à propos des créatures marines les plus monstrueuses des mers de

Poséidon, et certaines m'avaient empêchée, moi et mon imagination débordante, de dormir la nuit.

— Pires que le talontaure, déclara Poséidon.

Je le regardai, la peur montant maintenant dans mon ventre alors que les images de mes cauchemars d'enfance défilaient devant mes yeux. *S'il te plaît, ne me dis pas...*

— Charybde et Scylla.

— Putain, dis-je dans un souffle. Et tu ne peux pas les contrôler ?

— Pas sans mon trident.

La chaleur qui m'avait envahie s'évanouit, remplacée par une peur glaciale. Je saisis la tasse chaude et pris une gorgée. La cannelle me remplit la bouche et chassa une partie du froid.

— Mais tu connais ces monstres, n'est-ce pas ? Ça doit nous donner une sorte d'avantage ?

— Je les ai conçus, avec Céto et son frère.

— Bien. Alors, tu dois connaître leurs faiblesses ?

Il poussa un grognement amusé.

— Ils n'ont pas de faiblesses.

Il se redressa brusquement en fronçant les sourcils.

— Ce n'est pas exactement vrai.

Sa voix étaient lente et réfléchie, et je pouvais pratique-ment voir les rouages tourner sous son crâne.

— Ils se détestent.

— Pourquoi ?

— Que sais-tu à propos d'eux ?

— Seulement ce que m'a raconté ma sœur quand j'étais petite.

— C'est-à-dire ?

— Ils sont si terrifiants que les gens deviennent fous à leur rencontre. Scylla est un dragon de mer à six têtes et Charybde un tourbillon géant avec un hachoir à viande au fond.

Poséidon haussa un sourcil.

— Le hachoir à viande, ce n'est pas une mauvaise métaphore. Charybde ressemble plus à un ver géant, avec une bouche circulaire et des centaines de rangées de dents. L'attraction de son tourbillon est énorme, et une fois que tu es à sa portée, il est presque impossible d'en sortir.

— Et Scylla ? C'est vraiment un dragon à six têtes ?

— Oui. *Elle* a six têtes, toutes sur de longs cous, avec une crinière de cornes à pointes mortelles et une mâchoire pleine de dents sur chacune d'entre elles.

— Évidemment, marmonnai-je avant de prendre une autre gorgée de thé à la cannelle. Quand j'étais petite, on utilisait Charybde et Scylla comme métaphore pour apprendre à prendre des décisions difficiles.

— Oui. Ces deux créatures sont rarement séparées et ont été conçues pour garder les passages. Toute personne souhaitant franchir un passage doit frôler l'un des monstres, et c'est trop étroit pour les éviter tous les deux. Il faut choisir ce que l'on croit être le moindre de deux maux.

L'ironie me frappa. *Apprendre à choisir le moindre de deux maux. Tuer ma sœur ou bien tout un royaume.* Je détournai les yeux de Poséidon, regardant par-dessus le bord du navire pour voir l'eau en dessous.

— Un hachoir à viande ou un dragon multi-têtes. Qu'est-ce qui est pire ?

— Dans notre situation, je ne sais pas. Mais le corps de Scylla est attaché à une montagne, bien en dessous du niveau de la mer. Quant à Charybde, même s'il est lié à Scylla, on peut le déplacer. Avec des efforts.

— Tu penses qu'on pourrait les séparer suffisamment pour passer au milieu ?

Poséidon secoua la tête, et une lueur dangereuse remplit ses yeux.

— Je propose qu'on essaye de faire le contraire. Je propose qu'on essaye de déplacer Charybde vers Scylla.

— Les laisser se battre pendant que nous filons ?

— Ce serait le combat du siècle, murmura-t-il d'un air plein de regrets.

— Tu as peur qu'ils se blessent ?

— Non, je regrette de ne pas pouvoir y assister si nous y arrivons. Ce sont quelques-unes des machines à tuer les plus magnifiques de l'Olympe.

Poséidon avait vraiment mené une vie différente de la mienne. Sa joie à l'idée de voir deux monstres mortels s'entre-tuer, c'était vraiment le truc d'un dieu ancien tout-puissant plutôt que le mien.

Il me jeta une œillade quand je ne répondis pas.

— Ils renaîtront s'ils sont tués au combat, dit-il, essayant clairement de me rassurer.

— Oh. Euh, tant mieux.

Une fois de plus, Poséidon avait réfléchi aux répercussions de ses actes. Je me demandai s'il aurait envisagé de forcer les monstres à se battre si ces derniers n'avaient pas pu revenir à la vie après la mort. J'avais le sentiment que la réponse était non.

— Il faudra que tu utilises beaucoup de pouvoir pour déplacer un monstre comme Charybde.

Poséidon me regarda dans les yeux, sérieux et sévère.

— Tu penses pouvoir le faire ? Je ne sais pas à quel point je pourrai aider.

Je déglutis, en me demandant à quel point je devais être honnête avec lui. Après un moment de réflexion, j'optai pour la franchise totale. Il ne servait à rien de mentir. S'il se sentait à moitié aussi lié à moi que je l'étais à lui, il le saurait.

— Je n'embrasserai pas complètement mon pouvoir.

Son visage ne changea pas. Je ne vis même pas le scintillement révélateur bleu vif dans ses yeux qui trahissait souvent ses émotions.

— Quelle puissance penses-tu pouvoir utiliser sans l'embrasser pleinement ?

— Je n'en ai aucune idée, dis-je en haussant les épaules.

J'étais troublée par son absence de colère ou de déception à mes aveux.

— Je m'attendais à ce que tu me sermonnes.

— Tu voudrais que je te sermonne ?

— Non.

— Je ne peux pas contrôler tes décisions, Almi. Seulement les miennes, dit-il en détournant les yeux de moi. Ce n'est pas moi qui te dirai de provoquer la mort de ta sœur.

La gratitude me submergea, accompagnée d'une bonne dose de soulagement. Il n'allait pas essayer de me convaincre d'accepter mon pouvoir. Pas même pour sauver sa propre vie, ou son royaume.

Un nouveau sentiment de culpabilité commença à prendre le pas sur mon soulagement.

— Je ne refuse pas de trouver le cœur de l'océan ou quoi que ce soit, dis-je rapidement. Je ne renonce pas. Je pense juste qu'il doit y avoir un autre moyen, et je ne risquerai pas la vie de Lily tant que je n'en serai pas sûre.

Il croisa à nouveau mon regard.

— Un pas après l'autre. On gagne ces épreuves. Et puis on guérit ce fléau.

Je levai ma tasse.

— À notre victoire aux Épreuves de Poséidon.

Après un moment, il leva la sienne et la colla contre la mienne pour porter un toast.

— À notre victoire aux Épreuves de Poséidon, répéta-t-il.

Et nous bûmes tous les deux.

~

Lorsque la voix d'Atlas retentit autour de nous une heure plus tard, mes nerfs n'étaient plus qu'un enchevêtrement de nœuds agités.

— À la ligne de départ, concurrents !

Il y eut un éclair de lumière, et tout le navire se téléporta.

Nous planions au-dessus d'une étendue d'océan transparente, et devant nous, avachi sur un trône, sur une estrade de marbre flottant assez haut pour que nous puissions le voir clairement, se trouvait Atlas. Il était massif, presque de la même taille que Polybotès le géant. Il portait une armure d'or étincelant du cou jusqu'aux pieds, et des flammes léchaient le métal à intervalles irréguliers. Ses yeux étaient rouge vif, et ses cheveux noirs étaient surmontés d'une coiffe dorée élaborée composée d'anneaux entrelacés.

— Récapitulons les scores ! Kalypso a obtenu une coquille lors de la dernière Épreuve et en a maintenant dix.

Au-dessus de nous, un vaisseau apparut. Il était très similaire en forme et en taille à celui de Poséidon, mais celui-ci se constituait de sections alternées de métal noir et d'eau. Je pouvais voir à travers de grandes parties de la coque, et de vrais poissons nageaient dans ses parois aqueuses.

— C'est vraiment génial, soufflai-je.

Poséidon fronça les sourcils.

— Tu n'es pas censée trouver l'ennemi impressionnant.

— Elle a un bateau en eau, dis-je en le regardant. C'est trop génial, en toutes circonstances.

Il roula des yeux, mais ne semblait pas vraiment agacé.

Le vaisseau de Kalypso disparut, et Céto prit sa place, tellement agrandie qu'elle était grosse comme une putain de maison. Ses tentacules fouettaient l'air, et ses yeux noirs sans âme regardaient notre navire alors que du liquide rouge coulait comme des rivières sur sa chair coriace.

— Céto est notre leader avec onze coquilles.

Je fis une grimace alors qu'elle disparaissait, et Polybotès apparut à la place. Il se tenait dans une sphère métallique ronde, pas beaucoup plus grande que lui, avec des bandes vitrées évoquant les segments d'une orange. La balle semblait être équipée de chaînes enroulées et d'au moins deux armes de jet, comme des arbalètes.

— Les géants des forges l'ont bel et bien aidé, marmonna Poséidon.

— Ils lui ont fait ça ? dis-je en regardant Poséidon bouche bée.

Il hocha la tête.

— Cela ressemble à leur travail. Il n'a plus qu'à espérer que ça résistera aux profondeurs.

Le dieu de la mer ne semblait pas du tout convaincu que ce serait le cas.

— Polybotès a accompli l'exploit impressionnant de ramener trois coquilles lors de la dernière Épreuve et en a huit au total.

Le flash suivant me prit complètement par surprise. Le navire et Poséidon disparurent autour de moi, réapparaissant à la même place que les autres concurrents, au-dessus de la surface de l'océan.

Moi, en revanche, je restai exactement là où j'étais. Il me fallut moins d'une seconde pour dégringoler dans les vagues glaciales. J'eus le temps de prendre une goulée d'air, puis je donnai des coups de jambe, essayant d'ignorer le choc du froid et ma rage fulgurante, alors que je remontais à la surface. J'entendis la voix d'Atlas quand ma tête brisa les vagues.

— Poséidon n'a pas encore ramené une seule coquille.

Je levai les yeux et vis les ailes bien reconnaissables de Bleu alors qu'il plongeait depuis le navire, se dirigeant droit sur moi. Il n'alla pas loin, cependant, avant qu'il n'y ait un autre flash, et le vaisseau et moi échangeâmes nos places.

— Enfin, nous avons Almi, qui semble ne pas avoir de vaisseau pour aller dans la ville engloutie de l'Atlantide !

La voix d'Atlas était moqueuse alors que je me retrouvais suspendue au-dessus de l'océan et du navire de Poséidon.

Un frisson de panique me parcourut, à la fois quand je vis à quelle hauteur je me balançais, mais aussi à l'idée que je n'aurais pas le droit de partager le vaisseau de Poséidon. Après tout, nous étions techniquement concurrents.

Bleu chargea dans le ciel, passant sous moi alors que la voix d'Atlas résonnait à nouveau.

— Almi est avant-dernière, avec neuf coquilles. Et il semble maintenant qu'elle voyagera au fond de la mer sur un pégase.

Il rit franchement, cette fois, et Bleu laissa échapper un hennissement de colère. Ce qui me maintenait dans les airs disparut, et je glissai maladroitement en essayant de me redresser sur son dos.

— Merci, Bleu, dis-je en agrippant sa crinière.

Je savais que la colère du pégase était dirigée contre ce connard de Titan, et pas contre moi.

— Que la dernière Épreuve commence !

ALMI

Bleu rentra les ailes et plongea en piqué. Je m'attendais à ce qu'il se dirige vers le navire de Poséidon, mais au lieu de cela, il vola droit vers la surface de la mer. J'envoyai un appel silencieux à l'air pour avoir les bulles de respiration, et je retins mon souffle pour la deuxième fois.

J'étais mieux préparée au froid quand nous plongeâmes sous l'eau. Des bulles filèrent vers moi, s'enroulant autour de ma tête et remplissant ma bouche d'air alors que Bleu déployait ses ailes et les battait fort. Je pouvais sentir ses jambes cavaler en dessous, et nous nous enfonçâmes plus profondément.

Quand l'air se fut bien installé devant mes yeux, je tordis la tête et regardai les autres concurrents couler avec leurs différents navires autour de moi. Les panneaux noirs bien reconnaissables de Kalypso étaient les plus visibles, et elle était la plus proche de la surface. La sphère de Polybotès s'enfonçait avec régularité, et la forme d'encre de Céto était déjà bien en dessous de moi. Le vaisseau de Poséidon était au même niveau que Bleu.

La proue était légèrement inclinée vers l'avant, les voiles dorées scintillantes fendant l'eau. Poséidon se tenait à la barre, agrippant la roue, et ce spectacle me coupa le souffle.

Il était magnifique. Ses cheveux blancs flottaient derrière lui, et la lumière ondulait dans l'eau, se reflétait sur les voiles et dansait sur son torse ferme.

Sous mes yeux, la couleur de la lumière changea, les voiles luisantes d'or liquide s'assombrirent. Comme si on avait renversé dessus de l'encre bleu marine, l'or parut fondre, et ce qui se déploya alors me rappela un ciel nocturne à couper le souffle, recouvert d'étoiles scintillantes. Les voiles semblaient toujours faites de métal liquide, mais maintenant profond, riche et sombre.

Une bulle commença à se répandre à partir du mât du milieu, s'étendant pour former un dôme tout comme ceux qui recouvraient les villes du Verseau, au léger scintillement doré. Poséidon bougea la tête, verrouillant ses yeux sur moi. Sans un mot de ma part, Bleu fila, et nous nous dirigeâmes vers le navire.

Bleu glissa à travers le bouclier sans aucune résistance, et je laissai échapper un lourd soupir de soulagement. Il atterrit sur le pont principal, et mes bulles se détachèrent de mon visage pour former le petit tourbillon.

— Que les dieux en soient remerciés, marmonnai-je en me glissant du dos de Bleu. Et merci à toi aussi, ajoutai-je en tapotant les hanches de Bleu.

Il tapa du sabot avant de déployer et secouer ses ailes. Je couinai quand de l'eau m'éclaboussa de la tête aux pieds. Mon tourbillon se précipita vers moi, m'enveloppant en un éclair, soulevant mes cheveux et tirant mon t-shirt de ma ceinture. Je criai à nouveau quand il me fit tourner, crachotant un rire en réalisant qu'il m'avait presque complètement séchée.

— Et merci à toi aussi !

Il vrombit autour de ma tête, ne mesurant plus qu'un demi-pied de haut, à nouveau. Rentrant mon t-shirt, je partis vers le pont au pas de course.

— Tu sais, j'avais peur qu'Atlas ne trouve un moyen de nous séparer, dis-je à Poséidon en franchissant la dernière marche.

Il ne me regarda pas. Je fronçai les sourcils et pressai le pas.

— Tout va bien ?

— Le vaisseau, grogna-t-il.

— Ton visage, murmurai-je en m'arrêtant à côté de lui.

De la pierre. Tant de pierre.

— Qu'est-ce qui cloche, avec le navire ?

— Depuis que vous avez atterri, toi et Bleu, plus rien ne répond. J'ai besoin de toutes mes forces pour rester sur la bonne voie.

— Atlas, dis-je dans un sifflement. Il *a* trouvé un moyen d'essayer de nous séparer.

Poséidon me jeta un très bref coup d'œil de côté.

— Il n'a pas pu trafiquer mon vaisseau.

— Tu en es sûr ?

— Oui. Ce serait comme trafiquer Chrysos ou Bleu.

— Alors peut-être que le vaisseau ne m'aime pas.

Je posai la main sur le gouvernail à côté de la sienne et sentis le navire trembler sous moi.

Les yeux de Poséidon dardèrent vers les miens.

— Tu as raison. Elle ne te fait pas confiance.

Ses propres yeux s'assombrirent brièvement, comme s'il se demandait si cela signifiait qu'il n'aurait pas dû non plus me faire confiance.

Je lâchai la roue et posai la main sur celle de Poséidon à la place.

Tu m'entends ? demandai-je au bateau.

Nous fîmes une nouvelle embardée.

Je vais prendre ça pour un oui. On va avoir besoin que tu fasses le voyage de ta vie aujourd'hui. La vie, le trident et le royaume de Poséidon en dépendent.

Une image flasha dans ma tête, spontanément. Elle était sombre et décousue, mais je me vis, et je vis des serpents dorés et Poséidon à genoux, la pierre lui recouvrant le corps.

Je fus tellement choquée que je retirai ma main de celle de Poséidon.

— Tu as vu ça ?

— Vu quoi ?

— Je pense que le vaisseau vient de me montrer quelque chose.

Le visage de Poséidon se plissa d'un air pensif.

— Elle est puissante, et les navires peuvent établir des liens télépathiques. Je suppose que c'est possible. Qu'as-tu vu ?

— Quelque chose qui ne s'est pas produit.

— Non. Ce n'est pas possible.

J'entendis la voix de Kryvo, petite et, j'en étais à peu près sûre, seulement destinée à moi.

— Pose-moi contre la roue. Je sens le navire, un peu comme les statues du palais.

Je le soulevai de ma gorge et le posai sur le bois. Ses petits tentacules s'enroulèrent autour d'un rayon.

— Que fais-tu ?

Poséidon me dévisagea, et je lui adressai un geste de la main.

— Des trucs d'étoiles de mer.

— On perd de la vitesse. Il faut faire quelque chose.

— J'essaye.

Kryvo reprit la parole.

— Elle ne t'aime pas. Elle croit que tu vas causer la mort de Poséidon.

— Quoi ? Comment ? Pourquoi ?

Les questions surgirent les unes après les autres, et Poséidon regarda Kryvo, puis moi.

— Elle ne sait rien de tout cela, seulement que tu es un mauvais présage pour son roi.

Je grinçai des dents.

— C'est lui qui est censé causer ma putain de mort ! protestai-je. Pas l'inverse !

Poséidon devint si immobile à côté de moi que, pendant une seconde, j'eus peur qu'il ne se soit changé en pierre. Je lui jetai un coup d'œil et vis qu'il avait fermé les yeux.

— Est-ce qu'il parle au navire ? murmurai-je à Kryvo.

— Je pense que oui, chuchota l'étoile de mer en retour.

Au bout d'une minute qui me parut durer une heure, je sentis le vaisseau prendre de la vitesse. Lorsque Poséidon ouvrit les yeux, nous avancions presque deux fois plus vite. Il me prit la main et je le laissai faire. Ignorant soigneusement le *zing* d'électricité qui jaillit entre nous, il enroula mes doigts autour du rayon de la roue.

— Almi, voici *Mossy*.

Je sentis un éclair de chaleur sous mes doigts. *Salut. Je n'essaie pas de tuer ton roi. Je te le promets.*

La chaleur refroidit instantanément, et la même image que j'avais vue auparavant me surgit à l'esprit. J'essayai de m'y accrocher, de distinguer plus de détails que la dernière fois, mais c'était toujours aussi fragmenté. Mais quand ça s'estompa, je crus me voir étendue par terre aux pieds de Poséidon, pâle, immobile et sans vie.

Je lâchai la roue.

— Qu'est-ce qui s'est passé… ?

Poséidon me regardait, de l'inquiétude dans ses yeux brillants.

— Je viens de revoir l'image. J'ai cru voir…

Je me tus, n'ayant pas envie de dire ce que j'avais vu.

— C'était bizarre, terminai-je faiblement. Le navire va plus vite, que lui as-tu dit ?

— Combien il était important que nous remportions cette Épreuve.

— Bien.

Je ramassai Kryvo et le reposai sur ma clavicule. Je ne savais pas s'il était normal que j'aie maintenant autant envie de sa présence rassurante, ou si cela me rendait encore plus bizarre que tout le monde ne le pensait déjà.

À ce stade, je n'étais pas vraiment sûre de m'en soucier.

— Combien de temps nous faudra-t-il pour arriver à Charybde et Scylla ? demandai-je.

— Environ une journée.

— Quoi ? dis-je en me tournant vers lui. Une journée entière ?

— Nous allons plus loin que la plupart des esprits ne peuvent l'imaginer.

— Oh. Alors… Il va *falloir* qu'on choisisse une chambre à un moment donné.

Il me regarda.

— De nombreuses créatures rôdent dans les profondeurs. Je suggère que l'un de nous reste de garde à tout moment.

— Bonne idée. Peut-être qu'on pourrait construire une forteresse avec des coussins, juste ici.

Il cligna des yeux.

— Une forteresse avec des coussins ? C'est un truc humain ?

— Non, Lily et moi, on faisait ça tout le temps.

— Explique-moi cette histoire de construction de forteresse.

Son emprise sur le gouvernail s'était relâchée, et j'étais persuadée que *Mossy* faisait maintenant la majeure partie du travail.

— Tu vas chercher plein de draps, quelques chaises, des coussins, un goûter et une boisson, et tu construis une forteresse, dis-je.

Il pencha la tête, pensif.

— Une forteresse de meubles ?

Je ris.

— Moins solide que ça. Mais oui. Exactement. Si tu as des guirlandes lumineuses, alors c'est du très haut niveau.

Il me considéra pendant un instant.

— Tu préfères dormir dans un bâtiment construit en coussins moelleux sur le pont, plutôt que dans une chambre ?

— Je préfère dormir n'importe où si on reste tous les deux, dis-je.

Puis je sentis de la couleur monter sur mes joues.

— Par sécurité, je veux dire, ajoutai-je précipitamment. C'est très bien que tu montes la garde, mais sans ta magie, tu pourrais avoir besoin de moi rapidement.

— Je suis d'accord.

— Vraiment ?

— Oui. Monte la garde, et je rassemble le matériel nécessaire.

ALMI

C'était un délice de regarder le dieu de la mer, l'un des trois rois souverains de l'Olympe et l'homme le plus sérieux que j'aie jamais rencontré, construire une forteresse avec des coussins.

Et c'était une très belle forteresse. Il avait apporté quatre des trop grandes chaises de la salle à manger, tout un tas de draps et des brassées de coussins de plus d'un mètre de large.

— Ça vient de ton lit ? lui demandai-je alors qu'il disposait une série de petits coussins en velours noir sur le matelas de fortune.

— Tout vient de mon lit, grogna-t-il depuis l'intérieur du fort.

Lily se mit à briller dans ma tête. *Almi, je sais que j'ai dit que je n'allais pas m'impliquer dans votre histoire à tous les deux, mais tu réalises que dormir avec lui ici, c'est comme dormir avec lui dans son lit, n'est-ce pas ? Je le dis juste parce que si tu tombes amoureuse de lui, tu vas mourir. Et puis, il en sera de même pour lui et tout le Verseau.*

Mince, tu ne me mets pas du tout la pression, répondis-je.

On va se relayer. Ne t'inquiète pas. Je ne tomberai pas amoureuse de lui. Et je ne suis toujours pas convaincue qu'il m'aime.

Elle esquissa une grimace comme quand elle était clairement sur le point de dire quelque chose, mais se ravisait. *Bon. Continue comme ça.*

Oui.

Bien. Sache que sinon, si vous vous rapprochez trop, ça va me faire surgir dans ta tête. Je ferai tout ce qu'il faut pour protéger ma petite sœur.

Je gémis fort, et Poséidon se détourna de l'endroit où il était agenouillé dans la tanière.

— Je me suis trompé ?

— Non. Non, tu te débrouilles bien.

Lily, je ne vais pas trop m'approcher de lui. Je le jure.

Bien.

Je me tournai vers l'eau qui devenait de plus en plus sombre autour de nous, tandis que le visage de ma sœur disparaissait dans mon esprit. Plus nous descendions profondément, moins il y avait de lumière dans l'océan, et l'obscurité sans fin avait quelque chose de troublant. Nous avions depuis longtemps perdu de vue les autres navires, même s'il avait semblé que nous étions devant Polybotès et Kalypso, et derrière Céto.

— Que se passe-t-il si nous arrivons aux monstres marins après tout le monde ? demandai-je.

Poséidon apparut à côté de moi, me faisant sursauter.

— La forteresse est prête.

— Oh. Bien.

Je me retournai et tombai à genoux à l'entrée de la tente de fortune, admirant consciencieusement son œuvre.

— C'est charmant, lui dis-je.

Il fronça les sourcils.

— C'est suffisant ?

— Oui.

— Aussi bien que ceux que tu construisais étant petite ?

Je marquai une pause en voyant le beau bois des chaises et le riche velours des coussins.

— C'est plus chic, dis-je.

— C'est une bonne chose ?

Je m'assis sur le matelas qu'il avait fabriqué, pivotant sur mes fesses pour le regarder. Il était penché et me regardait d'un air anxieux. Mon cœur gonfla un peu à cette vue.

— Pourquoi est-ce si important pour toi que tu aies fait du bon travail ?

Il fit une pause, puis dit :

— Un roi est fier de tout ce qu'il fait.

— Ah bon.

— Et tu es une reine.

Mon cœur manqua un battement.

— C'est aussi bien que quand j'étais petite, confirmai-je.

Il parut satisfait quand il se laissa tomber sur le plancher, levant ses genoux pour poser ses bras musclés dessus.

— Si les autres atteignent les monstres avant nous, nous aurons peut-être de la chance. Ils pourraient les écarter de notre chemin.

— Il y en a qui sont assez forts pour faire ça ?

— Céto et Kalypso pourraient l'être.

— Si on perd, qui serait le meilleur et le pire pour gagner à notre place ?

Il me lança un regard sombre.

— On ne perd pas.

— Ouais. Mais si on perd.

Je crus qu'il ne me répondrait pas, mais ensuite, il parla.

— Kalypso aurait ma préférence pour la victoire.

— Vraiment ?

— Elle est la seule à pouvoir défier Atlas. Je ne crois pas qu'elle lui remettrait mon royaume.

Je pensai à la faim dans ses yeux quand elle m'avait coincée dans la salle à manger.

— Je suis d'accord. Pourquoi penses-tu qu'ils participent tous pour lui ?

— Il aura négocié avec eux ou les aura fait chanter. Polybotès pourrait bien participer juste pour sa propre vengeance.

— Oserai-je te demander ce que tu lui as fait ?

— Je suis le créateur de tous les géants. Il n'était pas d'accord avec toutes mes décisions.

Je décidai de ne pas creuser le sujet, non pas que je pensais qu'il m'en dirait plus à propos de son histoire avec le géant.

— Qu'est-ce que tu penses qu'il a dit à Céto ?

— Elle aura été la plus facile à faire venir.

Je pus entendre immédiatement la colère dans sa voix.

— S'il lui a offert la liberté en échange du royaume en cas de victoire, alors elle n'aura pas hésité.

— Elle me fout la trouille, dis-je.

Il me jeta un coup d'œil.

— Elle est conçue pour ça. Son frère est pire, bien qu'il soit incroyablement stupide, dit-il en poussant un long soupir. Nous avons combiné notre magie pour créer des créatures incroyables, y compris Charybde et Scylla. Je suis déçu, mais pas surpris, qu'elle ait rompu notre lien ténu.

Pour une raison insondable, l'entendre parler de son lien avec quelqu'un d'autre, même une femme qui était à moitié monstre marin pourri, me rendait irritable.

— Et Kalypso ? demandai-je. Qu'est-ce que tu penses qu'il utilise contre elle ?

— Si seulement je le savais. Elle a du pouvoir et une place privilégiée dans le royaume d'Aphrodite.

— Pourquoi elle n'appartient pas à ton royaume si c'est une déesse de l'eau ?

— Quand les Titans ont perdu la guerre, elle m'a demandé une place au Verseau. Son père est Océanos, le dieu aquatique le plus puissant qui ait jamais existé. Il s'est battu contre les siens pendant la guerre, du côté des Olympiens. Zeus a mis beaucoup d'énergie à essayer de chasser les descendants de Titan de la société olympienne, et il ne m'a pas permis d'accepter quelqu'un d'aussi fort que Kalypso dans mon palais.

De l'irritation me submergea de plus belle à l'idée que Kalypso vive dans le palais de Poséidon, mais je la repoussai.

— Est-ce que ça a énervé son père ?

— Oui. Océanos s'est retiré de l'Olympe. Je crois qu'il a fait disparaître tous les autres Titans primordiaux.

— Et Kalypso est allée voir Aphrodite ?

— Aphrodite est venue à elle, me corrigea-t-il. Kalypso est belle, féroce et puissante. Exactement le genre d'amie qu'Aphrodite aime recevoir à la cour.

— Pourquoi Zeus ne l'a-t-il pas interdit à Aphrodite comme à toi ?

Poséidon pouffa.

— Interdire à la déesse de l'amour de faire ce qu'elle voulait ? Tu connais la réputation de mon frère tout-puissant à propos des femmes ?

Je hochai la tête.

— J'ai entendu dire qu'il n'y avait pas que les femmes.

— Tu as bien entendu. Zeus mettrait sa queue dans tout ce qui bouge.

— Hum. Alors Aphrodite l'a séduit ?

— Elle le séduisait tous les quelques mois, chaque fois qu'elle voulait quelque chose.

Une nouvelle irritation m'envahit, et je maudis ce pic de jalousie qui avait surgi de nulle part quand ma bouche s'ouvrit sans ma permission.

— Est-ce qu'elle t'a déjà séduit ?

Ses yeux se posèrent sur les miens.

— Non.

— Oh.

Un silence tendu s'ensuivit, et je fis semblant d'inspecter mes ongles à la recherche de saleté.

— Tu veux dormir maintenant, ou prendre le premier tour ? finit par demander Poséidon.

— Comme je suis déjà dans la forteresse, je suppose que je vais dormir maintenant, si ça te va ?

— Bien. Je te réveillerai dans trois heures environ.

Il se leva et disparut de ma vue.

Je me laissai retomber sur les coussins avec une profonde respiration. Le simple fait de passer du temps avec lui devenait dangereux. Chaque minute, chaque phrase, chaque éclair d'émotion me rapprochait de lui. Et pire, me faisait douter de mon insistance à propos du fait qu'il n'avait pas de sentiments pour moi.

ALMI

Je dormis par intermittence, mais ma torpeur lorsque Poséidon me réveilla disparut rapidement. Quand je sortis en rampant de la tente, en serrant Kryvo sur son petit coussin, le dieu de la mer m'attendait avec une assiette recouverte de bacon et de pain grillé chaud. Je m'étirai, puis lui pris l'assiette.

— Merci. Je pensais que j'allais cuisiner des pâtes ?

— J'ai entendu dire que cette viande était populaire chez les humains.

— Tu as trouvé du bacon rien que pour moi ?

— *Mossy* l'a fait.

— Le bateau ?

— Oui.

— Comment ? Elle a enfin décidé qu'elle ne me détestait pas ?

Poséidon se tourna vers le bastingage. Il faisait vraiment noir autour de nous maintenant, la seule lumière provenant de la douce lueur du bouclier au-dessus de nous.

— Elle peut conjurer n'importe quelle nourriture dont elle a besoin. Ce n'est pas un vaisseau normal.

Je décidai de ne pas souligner le fait qu'il avait ignoré ma deuxième question.

— J'ai lu à son sujet, dans mon livre. Elle semble très particulière.

Il frotta affectueusement sa main contre le bois.

— Elle l'est.

— Il s'est passé quelque chose pendant que tu étais de garde ? demandai-je en me dirigeant vers la roue, hésitant à toucher le bois, de peur d'être bombardée d'autres images étranges.

— Non. Je pense que nous sommes à environ six heures, maintenant.

— Bien. Tu as besoin de plus de repos que moi, selon Perséphone. Tu devrais dormir aussi longtemps que tu le pourras.

Je m'attendais à ce qu'il proteste, ou qu'il joue les machos gonflés à la testostérone, mais il me prit par surprise en hochant la tête.

— Entendu. Plus je dors maintenant, plus je pourrai être utile au combat.

Un homme sensé. Bien sûr.

— Profite bien de la forteresse, dis-je alors qu'il se laissait tomber à genoux et rampait à l'intérieur.

— Réveille-moi s'il arrive quelque chose, entendis-je sa voix grave me dire de sous le drap.

— Oui.

Je m'assis sur le pont, m'appuyant le dos contre la balustrade, et je posai le coussin de Kryvo devant moi pour pouvoir attaquer mon bacon et mes toasts.

— Tu as dormi, Kryvo ? demandai-je autour d'une bouchée de délices salés.

— Oui. Un peu.

— Bien.

— Almi ?

— Hum ?

J'avalai ma trop grande bouchée.

— Je suis inquiet.

— Moi aussi, mon petit ami.

— Je suis sérieux.

— Moi aussi.

Je posai mon assiette vide, puis soulevai doucement l'étoile de mer sur ma paume.

— Qu'est-ce qui ne va pas ?

— Je ne vois pas comment tu pourrais affronter Méduse et survivre.

— Je n'ai pas l'intention de l'affronter, lui dis-je. Je prévois de faire exactement ce que tu me conseillerais et de me cacher.

— Ah oui ? dit-il avec espoir.

— Oui. Si Poséidon ne voit pas comment je pourrais survivre à son regard, alors je serais bête de faire autre chose.

— Tu penses qu'elle sera dans l'Atlantide ?

— Oui. Mais je m'inquiète plutôt d'y arriver, pour le moment.

Je me levai pendant que je parlais, me tournant pour contempler l'obscurité au-delà. Le navire était toujours légèrement incliné vers le bas à la proue, mais pour la plupart, nous nous contentions de sombrer dans les profondeurs. Je ne voulais même pas savoir quelle distance il y avait entre nous et la surface. Cette pensée me comprimait la poitrine.

— Charybde et Scylla ? demanda Kryvo.

— Ouais. Espérons que les autres arriveront les premiers et s'occuperont d'eux.

Je ne plaisantais qu'à moitié.

— Ils ne feront pas de mal à Céto. C'est leur mère.

— Hmmm. Elle est censée avoir renoncé à tout avantage familial, dis-je d'un air dubitatif.

— Tu aimerais les voir ? Il y a quelques tableaux dans le palais que je pourrais te montrer.

Je considérai son offre alors que je fouillais les ténèbres. Au fond de moi, je voulais être préparée. Mais je me disais aussi que, si j'avais su ce que nous allions affronter, j'aurais voulu prendre mes jambes à mon cou et faire demi-tour. Seulement, il n'y avait nulle part où fuir.

— Parle-moi plutôt d'eux, dis-je. Tout ce que tu juges utile.

— D'accord.

La petite étoile de mer semblait moins effrayée, maintenant qu'elle avait quelque chose à faire.

— Le corps de Scylla est attaché à une montagne et elle ne peut pas bouger. Elle a six longs cous qui semblent pouvoir se plier dans n'importe quelle direction, et chaque tête a une longue mâchoire fine avec beaucoup de dents. Dans les deux représentations que je peux voir, elle attrape des proies sur le pont des navires avec ses multiples têtes.

— D'accord, dis-je, commençant à regretter de lui avoir posé la question.

Un éclair de lumière dans le bleu foncé au-delà me fit marquer une pause.

— Attends un instant, Kryvo, murmurai-je. C'était quoi, ça ?

La lumière clignota encore, puis encore. Je regardai fixement une créature dériver jusqu'à nous. Elle était énorme, mesurant environ la moitié de la taille de notre vaisseau, mais je sus instantanément qu'elle ne nous ferait aucun mal.

— C'est un hippocampe, déclara Kryvo. Mais pas comme ceux du Verseau.

Il avait raison. Les hippocampes du Verseau semblaient avoir été croisés avec de vrais chevaux, leurs queues recourbées et rondes, mais avec la tête et les pattes antérieures d'un étalon. Ils étaient généralement bleus ou verts.

Cette créature, cependant… Elle aussi avait la queue recourbée d'un hippocampe, et la tête et le poitrail d'un cheval, mais elle était presque blanche. Des flashs, d'un bleu intensément brillant, clignotaient tout le long de son corps par impulsions rapides. La crinière qui coulait de sa tête massive ondulait de lumière argentée, et ses yeux étaient de la même couleur, brillants et remplis d'intelligence.

— C'est beau.

— Et mortel.

Je commençais à croire que les plus belles choses étaient mortelles.

— Parle-moi de Charybde, dis-je alors que la créature disparaissait.

— Il y a plus de représentations de Charybde, y compris une image de quand il a presque mangé Perséphone.

— Quoi ?

— Perséphone a participé aux épreuves de Hadès, et il fallait qu'elle trouve une pierre précieuse tout en chevauchant un hippocampe et en évitant d'être aspirée dans la bouche de Charybde.

— Eh bien, dis-je, un peu abasourdie. Si on survit à ça, je vais lui demander de me raconter cette histoire.

— Cela prouve que ce que Poséidon a dit était vrai : on peut déplacer Charybde.

— Est-ce qu'il ressemble juste à un tourbillon ?

— Si le tourbillon a une bouche de ver immense avec plein de rangées de dents au fond, alors oui.

— Ah bon.

Une heure s'écoula, et je devins de plus en plus agitée, assise sur le pont avec rien d'autre que mon anxiété et de nombreuses questions sans réponse sur lesquelles me concentrer.

— Tu connais des histoires, Kryvo ?

— Il y en a beaucoup dans le palais.

— Tu peux m'en raconter une ? De préférence avec une fin heureuse.

— Je vais chercher quelque chose d'approprié, dit-il.

Quand cinq heures et demie se furent écoulées, et que j'eus pillé deux fois la cambuse à la recherche de plus de bacon, je m'accroupis devant la forteresse en coussins.

— Poséidon ?

Il s'assit immédiatement, sa main glissant vers le couteau à ses côtés. Il se détendit en me voyant.

— Tu as dormi avec tout ça ?

Toutes ses lanières de cuir lui zébraient toujours le torse. Je rougis quand je me rendis compte que je fixais ouvertement ses pectoraux.

— Oui.

— Ah bon. Et tu as bien dormi ?

— Oui.

— Tu veux du bacon ?

Il se figea.

— Oui.

Poséidon mangea, et je lui parlai de l'hippocampe que nous avions vu. Ses yeux se firent nostalgiques.

— Ce sont vraiment des créatures magnifiques. Tu as de la chance d'en avoir vu un.

— Je me sens chanceuse, lui dis-je. Comment est-ce qu'on saura qu'on approche ?

Avant qu'il ait pu me répondre, le navire fit une embardée sous nos pieds. Poséidon se déplaça rapidement, posant sa main sur le gouvernail du navire lorsqu'il fut à portée.

— On approche, dit-il sèchement.

Je jetai un coup d'œil par-dessus le bastingage, et je vis qu'il y avait de la lumière en dessous de nous. C'était bleu, rien à voir avec la chaude lueur du bouclier, et ça clignotait et bougeait. Nous poursuivîmes notre descente jusqu'à ce que je puisse voir de la roche solide.

— C'est le fond de l'océan ?

— Oui.

La lumière bleu pâle rayonnait depuis les fissures dans la roche, puis s'élargissait en une rivière de lumière glacée, qui coulait plus vite que l'eau de l'océan dans laquelle elle était submergée. Elle formait un chemin illuminé qui éclairait le flanc d'une montagne massive et sombre sur notre gauche.

— C'est la montagne à laquelle Scylla est attachée ? chuchotai-je.

— C'est un volcan endormi, mais oui.

Le navire se stabilisa et commença à suivre le fleuve de lumière.

Dès que nous eûmes contourné la montagne, j'eus mon premier aperçu des deux monstres marins légendaires.

Scylla était en effet attachée au flanc de la montagne, comme l'avait dit Poséidon. Protubérant du rocher serpentaient six longs cous, hérissés de piquants luisants. Une queue dépassait aussi de la roche, se balançant d'avant en arrière, sa portée aussi longue que celle d'un cou. J'eus les jambes flageolantes en voyant les têtes. Elles avaient les mâchoires anormalement longues, clairement conçues pour darder entre les voiles des navires, et attraper des proies exactement comme Kryvo l'avait décrit. Les dents alignées sur chaque mâchoire étaient si énormes que les bouches ne se fermaient pas correctement. Pire encore, chaque tête avait facilement la taille d'une voiture.

Charybde était plus bas que l'autre monstre, sa partie tourbillonnante enfoncée dans le sol de l'autre côté de la rivière. Mais surgissant au milieu se trouvait le ver le plus laid et le plus grotesque que j'aie jamais vu. La tête de ce truc était une bouche, circulaire et bordée de rangées de dents acérées comme des aiguilles.

Les monstres étaient éclairés par l'étrange lumière bleu pâle et vacillante de la rivière, et l'océan qui nous entourait était d'un noir impénétrable. L'espace entre les deux créatures colossales était à peine plus grand que le navire, mais de l'autre côté, ondulant de lumière argentée, se trouvait un portail rond.

— Air, je vais avoir besoin d'un sérieux coup de main, marmonnai-je.

ALMI

Ma petite tornade tourbillonnait avec excitation.

— Tout va bien pour toi, tu n'es pas sur le point de te faire dévorer par des monstres marins, marmonnai-je.

Il s'immobilisa, comme s'il essayait de me montrer qu'il pouvait être sérieux.

— Tu es prêt à botter les fesses d'un monstre marin ?

Il rebondit de haut en bas.

— Je vais avoir besoin que tu sois environ dix fois plus grand et drôlement costaud. Tu penses pouvoir faire ça ?

Il rebondit encore.

— Et je vais aussi avoir besoin que tu ne tues pas ma sœur. Tu as compris ?

Il hésita, puis rebondit à nouveau, pas aussi vigoureusement qu'avant. J'eus la nette impression que son hésitation était due à ses doutes, plutôt qu'à un réel désir de faire du mal à Lily.

— Regarde.

La voix profonde de Poséidon attira mon attention, et je suivis la direction de son bras pointé.

Kalypso.

Son navire noir et aqueux planait juste à côté de la rivière, et il semblait qu'elle ne pouvait ou ne voulait pas voguer entre les deux créatures. *Mossy* descendit plus bas, se rapprochant du vaisseau du Titan, et je vis une énorme déchirure dans la partie métallique noire de la coque, comme si une dent l'avait traversée.

— Poséidon !

Sa voix résonna dans l'eau, avec un gargouillis.

— Almi !

— Qu'est-ce qu'on fait ? demandai-je à Poséidon.

Notre navire ralentit jusqu'à s'arrêter à côté du sien. Elle se tenait sur le pont. Elle n'avait pas de bouclier pour la protéger, et je me demandai brièvement pourquoi Poséidon en avait un. Après tout, il pouvait respirer sous l'eau aussi facilement que sur terre.

— Vous ne pourrez pas passer, cria Kalypso avant que Poséidon ne puisse répondre à ma question.

— Tu n'en sais rien, lui criai-je en retour

— Nos chances sont meilleures si on travaille ensemble.

Je haussai les sourcils de surprise.

— Elle veut travailler avec nous ? sifflai-je à Poséidon.

Il se tourna vers moi, sa voix basse.

— Elle ne peut pas passer seule.

— Alors on devrait en profiter et la laisser ici, non ?

Le doute passa sur son visage.

— Almi… Je ne doute pas que ta magie soit puissante. Mais tu ne comptes pas l'accepter entièrement.

Je fronçai les sourcils, ayant envie de protester, mais pas certaine d'y arriver.

— Et en plus, si on parvient à mettre notre plan à exécution et à forcer les deux monstres à se battre, elle pourra franchir le passage aussi facilement que nous.

Je fronçai la figure. Il avait raison. Notre plan allait

dégager le passage pour *tout le monde*. Si nous ne pouvions pas utiliser le pouvoir de Poséidon, alors la magie d'un Titan de l'eau serait plus utile que je ne voulais l'admettre. Je pensai à ce que Poséidon avait dit tout à l'heure, à savoir que Kalypso était la seule concurrente susceptible de ne pas donner le royaume du Verseau à Atlas en cas de victoire.

— Bon, d'accord, dis-je.

Nous nous tournâmes tous les deux vers Kalypso.

— Je veux pousser Charybde, cria Poséidon.

Kalypso sauta du pont de son navire et se précipita dans l'eau vers nous, si vite que cela m'étonna. Poséidon aussi visiblement, parce que son couteau fut dans sa main en un éclair.

— Je ne suis pas ici pour combattre, déclara Kalypso en atteignant le bord de notre bouclier, à quelques mètres de nous.

Ses cheveux aqueux captaient la lumière glaciale, sa peau sombre dégageant presque son propre éclat. Elle était vraiment magnifique sous l'eau. C'était sa place.

— Est-ce que tu viens juste de dire que tu voulais *pousser* Charybde ?

— Oui. Monter les deux créatures l'une contre l'autre. Je crois que c'est le seul moyen de les distraire.

Kalypso hocha lentement la tête.

— Oui. Ce plan me plait.

Elle me regarda.

— Ayant été la cible de ton ami venteux, je connais ta force.

Elle fixa mon petit tourbillon, et il tourna autour de ma tête, comme pour la narguer.

— À nous deux, on devrait y arriver, dis-je, gardant mes épaules droites et ma voix confiante.

— Entendu.

Elle regarda Poséidon.

— Et toi ? Vas-tu ajouter tes capacités désormais moins considérables à cette quête ?

— Je dirigerai mon navire, grinça-t-il.

Je ne pouvais imaginer que cela lui plaisait de reconnaitre qu'il ne pouvait rien faire pour aider.

Un gémissement étrange se fit entendre dans l'eau, et nous tournâmes tous la tête pour en chercher l'origine. Les têtes de Scylla se baissèrent toutes et se tournèrent dans notre direction, éclairées par en dessous par la lumière bleue de la rivière. De concert, les six mâchoires s'ouvrirent, et je frissonnai lorsque le gémissement retentit à nouveau. Des langues fourchues dardèrent entre les dents trop grosses, et tandis qu'elles bougeaient, les piquants reluirent sur chaque cou, noirs et lisses, captant la lumière.

En réponse au gémissement, il y eut un bruit tranchant et grinçant si aigu que j'en eus mal à la tête. Le ver à l'aspect hideux qu'était Charybde s'éleva du tourbillon tournoyant, sa bouche ronde vibrant dans l'eau.

— Est-ce qu'ils communiquent entre eux ? demanda Kalypso.

— Je ne sais pas. Mais ne perdons plus de temps.

— Je suis d'accord. Tu es prête, amoureuse de la terre ? demanda-t-elle en me regardant.

Je fronçai les sourcils.

— Amoureuse de la terre ?

— Tu n'as aucune affinité avec l'eau. Je le vois, même si j'ai passé très peu de temps avec toi.

— Amoureuse de l'air, c'est peut-être plus précis, alors, dis-je en essayant de ne pas laisser ces mots me toucher.

Ils étaient vrais, et je l'avais su toute ma vie, mais cela ne changeait pas les années à souhaiter qu'ils ne le soient pas. J'étais une nymphe de la mer, pour l'amour des dieux, et j'étais censée avoir un lien avec l'eau.

Kalypso roula des yeux.

— Cette conversation m'ennuie. Il est temps de montrer au monde de quel bois je suis faite.

Elle leva les mains, et l'eau se mit à bouillonner autour d'elles.

— Allez, air, montrons à ce Titan effronté qu'on est aussi doués qu'elle, dis-je à mon tourbillon.

Il rebondit, puis traversa le bouclier.

Pendant un moment, je crus qu'il pourrait essayer de s'unir à la magie de Kalypso, comme il l'avait fait avec celle de Poséidon, pour nous faire passer sous la lave. Mais l'idée même de combiner ma magie avec la sienne fit déferler une sensation de malaise dans mon ventre, et le tourbillon passa droit devant le Titan, vers Charybde.

Je déglutis, la nervosité et la peur se tordant en moi. Je n'avais aucune idée de ce que je faisais.

— Sors le ver de son trou, dit Poséidon. Puis envoie-le sur Scylla.

Je regardai le ver grotesque qui s'agitait et qui aurait pu avaler ma caravane entière.

— Facile, marmonnai-je.

Je projetai mes pensées vers mon ami aérien. *Il faut qu'on sorte le ver du trou et qu'on le jette sur les têtes de dragon.*

Le tourbillon grandit à l'approche de Charybde, et l'eau bouillonnante de Kalypso courut à ses côtés.

Le ver rugit lorsque les deux magies le touchèrent.

Je criai à la fois de surprise et de douleur à ce bruit, en claquant mes mains sur mes oreilles. Je sentis que je perdais mon lien avec le tourbillon en même temps que ma concentration, et je me forçai à focaliser mon attention malgré la gêne.

Sors-le de son trou !

Le tourbillon se resserra en une canne tournante et plongea entre le corps énorme et ondulant du ver et le tourbillon dans lequel il était logé. L'eau de Kalypso s'enroula autour de lui comme un lasso, et il se débattit encore plus fort.

Avec un chuintement, mon air revint en vue, s'enveloppant lui aussi autour du corps du ver, mais depuis le fond du tourbillon.

— À trois, dit Kalypso. Un...

Ma corde aérienne brilla à la lumière de la rivière à mesure qu'elle se resserrait autour du ver.

— Deux...

Le jet d'eau scintillant de Kalypso était maintenant aussi solidement enroulé autour de la tête de la chose, sous les mâchoires claquantes.

— Trois !

J'envoyai une explosion de puissance mentale dans mon air, et Charybde hurla à nouveau quand on le projeta à un mètre du tourbillon. Je sentis une traction en moi, ma poitrine se resserra et mon esprit devint flou.

— Tiens bon !

La voix de Poséidon était teintée d'excitation, et cela me stimula. Je continuai à canaliser mes pensées, luttant contre l'épuisement qui envahissait mon corps.

Le ver convulsait, encore et encore, puis il commença à se déplacer, lentement d'abord, puis plus rapidement. La sensation de traction diminua en moi, puis la créature fut libre, tirée de l'eau tournoyante. Elle se débattit et s'agita dans l'eau, et Kalypso cria de nouveau.

— Maintenant !

Maintenant ! répétai-je à l'air, et le ver traversa l'eau en direction des mâchoires de Scylla.

À la seconde où les dents se refermèrent sur le corps du ver, le navire se déplaça sous mes pieds. Kalypso me lança un regard indéchiffrable, puis retourna à son propre vaisseau. Ma magie de l'air se précipita vers nous alors que nous filions le long de la rivière.

Je ne savais pas du tout combien de temps les deux créatures seraient distraites l'une par l'autre, mais il était clair que Poséidon ne prendrait aucun risque.

Une fois que mon tourbillon retraversa le bouclier et se retrouva en sécurité, je m'éloignai du bastingage et courus jusqu'à Poséidon.

— Tu t'es bien débrouillée, dit-il quand je l'eus rejoint à la roue.

— L'air s'est bien débrouillé, dis-je.

Nous étions au niveau des monstres maintenant, et la bataille épique attira mon regard. Poséidon avait maintenu le navire au ras du fleuve, visant tout droit le portail en bout de course, ce qui signifiait que les monstres dominaient les voiles de notre navire sur notre passage. Cinq des têtes de Scylla retenaient le ver entre leurs dents, et la sixième claquait des mâchoires. Le corps du ver dégoulinait de bave rouge, et la taille même des deux créatures me rendait les genoux flageolants.

Nous les avions presque dépassés lorsque la sixième tête se figea. Je vis, presque au ralenti, le ver de Charybde tourner de concert, faisant claquer ses dents vers nous.

— Poséidon, je pense qu'ils nous ont vus.

Je sentis mes jambes reculer, même si cela ne servirait à rien.

— Merde, jura-t-il.

Et le vaisseau accéléra.

Pas assez, cependant.

La sixième tête de Scylla plongea vers nous, à la vitesse de l'éclair. Pendant un instant, je crus qu'elle avait mal visé, lorsque l'énorme mâchoire percuta la partie inférieure du pont, loin de l'endroit où Poséidon et moi nous tenions. Puis j'entendis un hennissement fort.

— Bleu ! criai-je.

Sans hésiter, j'envoyai mon tourbillon vers les mâchoires qui claquaient. De si près, je pouvais voir que la peau coriace de Scylla était de couleur rouge foncé, et que les piquants dégoulinaient de quelque chose qui ressemblait à de l'huile, des taches tombant et grésillant sur le parquet.

Mon tourbillon mesurait dix pieds de haut lorsqu'il atteignit sa cible, et il s'y écrasa avec une telle force que la tête et le navire tremblèrent. Il battit contre les mâchoires qui claquaient, et Bleu galopa sur le pont vers nous, loin de la tête, suivi de Chrysos.

Il y eut un autre cri, et le navire s'immobilisa brusquement.

— Poséidon ?

Je le regardai, la panique montant. Il me regarda à son tour, puis courut jusqu'au bastingage.

Scylla tenait toujours Charybde entre ses dents, mais maintenant, la bouche ronde géante du vert tournait sur elle-même, aspirant tout sur son passage. Y compris nous.

Il y avait du mouvement sur notre droite, et le vaisseau de Kalypso nous dépassa. Elle nous avait laissé partir en premier, pour être sûre que les monstres soient distraits, d'abord l'un par l'autre, puis par nous.

— Connasse ! rugis-je.

Elle riva ses yeux dans les miens, puis accéléra pour nous dépasser.

Mossy tangua, mais plutôt que d'avancer, elle était aspirée sur le côté, vers la bouche du hachoir à viande.

— Air !

Mais mon tourbillon battait toujours contre la sixième tête de Scylla, et je voyais que s'il s'arrêtait, ne serait-ce qu'un instant, nous serions le repas de cette dragonne.

— Merde, merde, merde.

Je tournai sur moi-même, à la recherche de tout ce qui aurait pu nous aider, alors que le navire commençait à vaciller inexorablement vers la bouche de Charybde. Des débris et des rochers volaient autour de nous, et tout ce qui n'était pas attaché était aspiré dans sa gueule. Les canons du navire tiraient, mais soit ils manquaient leur cible, soit les munitions étaient inefficaces.

Tout ce que nous avions fait, c'était nous assurer d'avoir à battre les deux monstres, au lieu d'un seul, réalisai-je avec horreur, alors que la forteresse en coussins volait autour de ma tête.

Poséidon courut vers la roue, ferma les yeux et me cria de m'accrocher à quelque chose. Je courus également vers la roue, enroulant mes bras autour de lui.

— Et les pégases ?

— Ils sont arrivés à l'écurie. Je les enferme à l'intérieur du vaisseau !

Mossy vira brusquement pour montrer sa proue à la gueule bouillonnante, au lieu du pont. Il y eut un rugissement dont j'étais sûre qu'il venait de Scylla, et je tournai la tête à temps pour la voir claquer des dents contre le mât principal du navire. Le tourbillon ne pouvait pas faire grand-chose sans mon énergie et ma concentration constantes, et je ressentis une pointe de terreur lorsque les dents du dragon s'enfoncèrent dans le bois du mât. Tout grinça bruyamment, puis commença à basculer.

Le mât s'écrasa sur le pont, la belle voile s'emmêlant autour de lui en tombant. La vue devant nous était désormais dégagée, et mon cœur rata un battement. La proue du navire n'était qu'à quelques mètres des dents tournoyantes de Charybde et de l'interminable gosier noir.

ALMI

— *M*es enfants, résonna une voix mélodique à travers les bruits de notre navire déchiré.

Et brusquement, tout s'immobilisa. Le navire cessa de bouger, les têtes de Scylla cessèrent de claquer des mâchoires, et le corps tordu de Charybde se figea.

Poséidon fut la seule chose qui bougea, et il se retourna, regardant par-dessus son épaule.

Je suivis son regard et hoquetai.

Céto était derrière nous, et elle était facilement aussi grosse que les deux monstres marins. Sa moitié pieuvre rasait le fond de l'océan, ses tentacules de part et d'autre de la rivière, soutenant son corps colossal au-dessus de l'eau rougeoyante.

Sa moitié humaine semblait complètement différente, comparée à ce qu'elle était sur la terre ferme.

La lumière bleue dansait sur sa peau rouge et noire, et ses yeux noirs étaient immenses alors qu'elle examinait la scène. Elle avait l'air effrayante et majestueuse, plutôt que grotesque. Je me surpris à vouloir m'incliner devant elle.

— Mes enfants, on vous manipule.

Je retins mon souffle, n'osant même pas chuchoter dans le silence qui s'était installé, de peur de reprendre notre voyage vers le gosier de Charybde.

— Dévorer le roi ne figure pas sur votre liste de choses à faire, aujourd'hui. S'il vous plait, laissez-nous passer, et je vous ramènerai à vos positions légitimes.

Ses yeux noirs se posèrent brièvement sur Poséidon, puis revinrent vers les monstres.

Lentement, très lentement, les cinq autres têtes de Scylla lâchèrent Charybde. Le vaisseau frissonna sous nos pieds, puis avança en cahotant, comme une voiture qui peine à démarrer.

Poséidon se retourna vers la déesse aquatique alors que l'eau rougissait autour de nous, et Charybde disparut. Je me dirigeai prudemment vers le bastingage. Il était de retour dans sa tornade, qui tourbillonnait autour de son corps.

— Pourquoi nous as-tu sauvé la vie ? cria Poséidon, hélant Céto qui nous dominait toujours.

Un lent sourire se dessina sur son visage.

— Une faveur ici et là, ça peut vous sauver la vie, déclara-t-elle.

Sa voix, si rauque sur terre, était magnifique sous l'eau.

Poséidon fit une pause, puis baissa la tête.

— Nous avons une dette envers toi, dit-il.

Elle eut un petit rire.

— Oh, je le sais, roi de la mer.

Il y eut un autre éclair rouge, puis elle ne fit plus que le tiers de sa taille et planait juste à côté de notre vaisseau. Sa voix retentit, mais cette fois dans ma tête. *Il y a plus en jeu que vous ne le pensez, roi de la mer et sa reine. Quand j'aurai besoin de cette faveur, je m'attends à ce que vous me l'accordiez.*

Puis elle fila vers le portail et y disparut.

Un gémissement sourd et douloureux jaillit de Scylla au départ de sa maîtresse.

— On devrait y aller, genre, maintenant, dis-je en jetant un coup d'œil à la bête à six têtes.

Poséidon saisit la roue.

— Allez, *Mossy*. Je sais que tu es blessée, mais ce n'est pas loin.

Le vaisseau avança petit à petit, mais en boitillant plutôt qu'en volant. Un autre gémissement surgit de Scylla.

— Air ? Envie de nous donner un coup de pouce ?

Mon tourbillon prit vie à côté de moi, puis jaillit du bouclier dans un sifflement. Il disparut à ma vue, et une seconde plus tard, le navire commença à bouger.

— Merci, air ! hurlai-je alors que nous commencions à foncer vers le portail.

Des questions s'entrechoquaient dans mon cerveau plein d'adrénaline alors que nous atteignions la masse tourbillonnante d'eau argentée qui constituait le portail, mais l'appréhension, ainsi que l'épuisement, me retint de les poser à voix haute. Je me contentai de me raccrocher aux rambardes alors que la proue du navire franchissait le portail, et nous avec.

Pendant un bref instant, on ne vit plus que de l'eau tourbillonnante s'écraser sur notre bouclier, mais alors, nous émergeâmes de l'autre côté. Mes yeux s'écarquillèrent à la scène devant nous.

À environ huit kilomètres, brillante dans le noir au fond de l'océan, se trouvait une ville. Le dôme qui l'entourait n'était pas d'or pâle comme ceux du Verseau mais d'un argent blanc et froid qui illuminait les ruines à l'intérieur. Les grands temples et l'immense palais au milieu étaient les reliques de ce qu'ils avaient dû être autrefois. Nous étions trop loin pour que je distingue autre chose que les bâtiments à l'intérieur. Mais il était évident que cela avait été un bel endroit. Je regardai Poséidon.

— C'est ça ? L'Atlantide ?

— Oui. Économise ton énergie et ta magie. *Mossy* nous y conduira dans environ une demi-heure, je pense, et on a besoin de temps pour manger et récupérer.

Je hochai la tête et projetai mes pensées dans l'air. *Le navire va se débrouiller, maintenant. Repose-toi.*

Poséidon se détourna du gouvernail, et ses yeux brillants se fixèrent sur les miens.

— Pourquoi Céto nous a-t-elle aidés ? lui demandai-je en m'approchant.

— Elle m'est toujours fidèle.

— Elle se bat contre toi pour gagner ton royaume et ton trident ! Ce n'est pas ce que j'appelle de la loyauté.

— Elle vient de nous sauver la vie, Almi. Elle a enfreint les règles, commandé à ses créatures et nous a sauvés.

— De quoi parlait-elle quand elle a dit…

Poséidon leva la main pour m'interrompre.

— Elle nous l'a dit en privé pour une raison, dit-il d'une voix si basse que j'eus du mal à l'entendre à seulement quelques pas.

— D'accord. Mais qu'est-ce que ça voulait dire ?

— Cela signifie que si nous ne pouvons pas gagner, nous aidons Céto à gagner. À tout prix.

Je me serais attendue à être gênée à l'idée de souhaiter la victoire de Céto sur Kalypso, mais les dernières minutes m'avaient fait penser le contraire.

— Elle est sacrément impressionnante sous l'eau, marmonnai-je.

— Tu devrais me voir à pleine puissance.

Je le regardai avec surprise et réalisai que je n'étais pas la seule à ressentir la montée d'adrénaline de notre combat à mort. Il semblait plus vivant, avec cette même sauvagerie sur la figure que j'avais vue à quelques reprises pendant les Épreuves.

— Ça me plairait, dis-je avant de pouvoir m'en empêcher.

Ses yeux s'assombrirent avec ce qui était certainement du désir, et je déglutis.

— On a failli mourir, dis-je, essayant de faire marche arrière.

— Oui. Mais nous y sommes.

Son regard intense et brûlant ne cessait de me transpercer.

Je cherchai quelque chose à dire qui pourrait faire redescendre l'émotion qui montait entre nous.

— Heureusement qu'on n'aura bientôt plus besoin de *Mossy*, dis-je en indiquant le mât tombé.

Je vis la douleur traverser son visage, brisant le charme.

— Elle est réparable. Mais pas de sitôt.

Son regard bougea et se posa sur l'Atlantide.

— Almi, si on rencontre Méduse lors de notre chasse aux coquillages, il faut que tu…

— Que je cours me cacher, le coupai-je. Je sais. Je suis peut-être bizarre, mais je ne suis pas stupide.

Lentement, il tendit son bras vers moi. Tout aussi lentement, je m'avançai et pris sa main tendue. Il m'attira contre lui, et je laissai échapper un souffle laborieux quand un sentiment écrasant de *plénitude* m'envahit. Son odeur, sa présence… son tout.

J'avais besoin de lui.

La sensation déferla en moi, et quand mon bras effleura la pierre qui recouvrait ses flancs, une boule dure se forma dans ma gorge.

Comment diable pouvais-je choisir entre lui et ma sœur ? Entre lui et quoi que ce soit ?

POSÉIDON

Il s'était écoulé plus de décennies que je ne pouvais m'en souvenir depuis la guerre contre les Titans, et la seule fois où j'avais cru que ma vie immortelle était en danger.

Jusqu'à maintenant. Le fléau de la pierre n'était pas seulement en train de me tuer lentement, il me rendait aussi vulnérable à toutes les menaces que je devais affronter pendant les Épreuves.

Mais en regardant la mort me fixer depuis les mâchoires d'un monstre de ma propre création, je m'étais surpris à ne plus me soucier de ma propre vie, seulement de celle de la femme maintenant dans mes bras.

Je voulais lui dire tant de choses. Pour lui expliquer mes choix, pour apaiser sa frustration.

J'avais failli le faire, une douzaine de fois.

Le besoin de lui dire ce que je ressentais vraiment, de lui dire ces trois mots à haute voix, creusait un putain de trou dans mon cœur.

. . .

Je ne savais pas si elle pourrait jamais m'aimer. Le désir de lui faire comprendre me torturait. Voir sa douleur était pire. J'aurais pris sur moi son fardeau en un clin d'œil, si je l'avais pu.

Je serrais si fort les dents que j'en avais mal, alors que ses doigts effleuraient la pierre sur mes côtes.

Le monde avait besoin que nous remportions les Épreuves de Poséidon. Verseau et Olympe avaient besoin que nous vainquions Atlas. Ils avaient besoin que nous trouvions le cœur de l'océan et que nous débarrassions le monde du fléau de la pierre.

Mais une fois que nous aurions réglé les problèmes d'Atlas et du fléau ?

Ensuite, j'arrangerais les choses.

Je dirais à Almi tout ce que je ne pouvais pas lui dire maintenant. Je lui présenterais mes excuses et me débarrasserais de la culpabilité brûlante qui me tourmentait quotidiennement.

Almi serait heureuse.

J'avais passé un accord avec Atlas pour m'en assurer. Elle vivrait la vie qu'elle avait toujours voulu.

Et peu importait qu'elle ne puisse pas m'aimer, car je ne serais pas là pour la vivre avec elle.

ALMI

*A*lors que nous nous rapprochions de la ville, je pus voir une jetée dépasser du dôme, et le navire de Kalypso y était amarré. Tous les bâtiments en vue avaient des parties qui leur manquait, s'effondraient ou étaient complètement détruits. C'était une ville en ruines, un lieu qui aurait put rendre fou un archéologue humain, je pouvais l'imaginer.

Mossy s'arrêta le long de la jetée, et je pris une profonde inspiration.

J'avais mangé autant que j'avais pu et mis du pain et de la viande séchée dans ma ceinture magique au cas où nous en aurions besoin. Nous avions également chacun bu une fiole des trucs énergétiques de Poséidon. Bleu et Chrysos étaient sur le pont avec nous, à piaffer, visiblement plus prêts à partir que je ne le pensais.

C'était la fin. Je le savais, aussi sûrement que je savais que j'aimais Lily.

Soit nous repartions de cet endroit en vainqueurs, soit nous n'en repartions pas du tout.

L'idée de passer l'éternité dans la ville engloutie et en

ruines, aussi immobile et pierreuse que tout le reste, me donna envie de garder fermement les pieds sur le pont.

Mais ensuite, Bleu me donna une poussée, et Kryvo parla.

— On va trouver tous les coquillages.

Il n'y avait pas une note de confiance dans sa voix chevrotante, mais le fait qu'il essayait de me soutenir me força à agir.

— Bien sûr qu'on va le faire, petit ami. Bien sûr qu'on va le faire.

J'essayai de me hisser sur Bleu et je sentis les mains de Poséidon sur ma taille. La chaleur me traversa quand il me souleva facilement sur le dos du pégase.

— Merci.

Il se hissa sur Chrysos, et je surpris sa grimace au manque de souplesse de son flanc, qui était en grande partie recouvert de pierre.

— Tu es prête ?

— Aussi prête que je le serai jamais.

Un message codé pour dire : *Je ne le serai jamais.*

Les pégases décollèrent, et les deux traversèrent le bouclier autour du navire, puis l'étendue d'eau jusqu'au dôme. La distance était si courte que je n'avais pas besoin de bulles d'air, mais ma petite tornade fila après nous, tourbillonnant à mes côtés.

Je m'attendais à ce qu'il nous faille trouver un point où l'eau glissait sous le dôme pour entrer, tout comme au Verseau, mais Poséidon était devant moi, et il guida Chrysos directement vers la barrière d'argent.

Lui et Pegasus passèrent à travers le dôme, alors je haussai les épaules et je le suivis. Le silence nous accueillit quand nous franchîmes le bouclier recouvrant l'Atlantide.

Alors que Bleu descendait, je pus mieux voir les bâtiments autour de moi. Ils avaient dû être magnifiques autrefois, même les plus petits. En pierre ou en marbre pâle et poli, de nombreuses façades étaient décorées de motifs dorés – ou du moins, elles l'avaient été. Le bruit des sabots du pégase touchant le sol en dalles résonna autour de nous, et ce ne fut qu'en me tordant le corps pour glisser à bas de Bleu que je vis la première statue.

Je me figeai, le souffle coupé. C'était une femme, son bras à mi-hauteur pour protéger son visage, qui exprimait une véritable peur. Son autre bras était tendu à ses côtés, retenant un garçon d'une dizaine d'années. Il regardait dans la même direction que la femme que je supposai être sa mère, mais son expression était émerveillée.

J'avançai vers les statues. La culpabilité et la pression me pesaient sur les épaules quand une nouvelle pensée me vint. Et si le cœur de l'océan pouvait ramener ces gens à la vie ? Et si ce n'était pas seulement le Verseau qui pouvait être guéri, mais aussi les anciens habitants de l'Atlantide ?

Je sentis quelque chose sur mon épaule et me retournai.

— Ne t'attarde pas sur eux, déclara Poséidon, sa voix lourde de tristesse.

— Poséidon, tu penses que le cœur de l'océan peut aussi guérir ces gens ?

— Les guérir ? Almi…

Il me regarda comme s'il ne savait pas trop quoi dire, la mâchoire serrée.

— Almi, les gens qui ont été entièrement changés en pierre… Je ne sais pas s'ils sont vivants à l'intérieur.

— Tu veux dire, s'ils sont déjà en pierre, on ne peut pas les guérir ?

La peur m'envahit, et une nouvelle vague de chagrin monta en moi.

— Mais Silos !

— Je ne sais pas avec certitude, dit-il rapidement. Mais je pense que tu ne devrais pas prendre le risque de te faire de faux espoirs.

— Tu les as tous gardés, pourtant, dans ton palais, tous ces gens changés en pierre ! Tu as parlé de les sauver.

Je pouvais entendre le désespoir dans ma voix.

— Bien sûr que oui. Je ne pouvais pas renoncer à tout espoir. Mais je ne veux pas que tu penses que c'est ta faute si on ne peut pas les sauver.

Je me retournai vers la femme de pierre. Pourrait-elle être sauvée ?

Mes yeux se déplacèrent vers son enfant. La vie de ces étrangers en valait-elle le coût ? Pourrais-je payer de la vie de ma sœur ?

Et si je le faisais, et qu'ils restaient comme maintenant, froids et sans vie ?

Avant que le doute écrasant ne puisse s'enfoncer davantage en moi, Poséidon agrippa mon épaule, me faisant pivoter vers lui.

— Concentre-toi sur la tâche à accomplir. Trouver des coquillages. Battre Atlas. Tu n'as pas à décider quoi que ce soit maintenant. Tu m'entends ?

Je fixai son visage, sentant mon fardeau s'alléger légèrement à ces mots.

Du répit. Je trouvais du répit en participant à des Épreuves mortelles et en évitant d'être changée en monstre ou en pierre. Mais honnêtement ? *Tout* était préférable au fait de décider de mettre fin ou non à la vie de ma sœur.

Nous traversâmes la ville déchue en silence, Bleu et Chrysos non loin. Il y avait des gens changés en pierre partout, certains visiblement conscients de ce qui allait leur arriver, et d'autres pris par surprise. Mon imagination débordante ne pouvait s'empêcher d'imaginer ce que cela avait dû être, Méduse arpentant les rues, changeant en pierre tous ceux qui la regardaient.

Pendant que nous marchions, j'essayais de m'obliger à regarder autre chose que les gens. L'architecture était exactement comme on imaginait la Grèce antique dans le monde humain. Des temples aux toits triangulaires et aux hautes colonnes, de simples bâtiments carrés décorés de sculptures complexes et de peintures de paysages, d'animaux et de personnes. Je ne vis pas un seul bâtiment encore debout, tel qu'il aurait été dans toute sa splendeur, même s'il était facile de voir à quel point la ville avait été magnifique autrefois. De la mousse vert foncé poussait sur les ruines pâles, et il y avait une humidité dans l'air qui sentait la pourriture légèrement sucrée. Quand je levai les yeux, plutôt que de voir l'océan bleu vif au-dessus de moi comme au Verseau, je vis juste l'obscurité aux teintes marines.

— L'Atlantide a-t-elle toujours été sous l'eau ? demandai-je à Poséidon.

Je chuchotai, comme il semblait convenable dans un tel lieu.

— Non. C'était une île.

— Oh.

— Je l'ai recouverte d'un dôme argenté quand je l'ai coulée, parce que je ne pouvais pas en utiliser un doré. L'or, c'est pour le Verseau.

— Pourquoi créer un dôme ?

Il me jeta une œillade.

— Méduse. Ce n'est pas une créature de l'océan.

Le rappel qu'il l'avait envoyée vivre seule ici pendant des siècles me donna la chair de poule.

— Tu as déjà pensé que la mort aurait été plus douce ?

Il y eut un long silence avant qu'il ne réponde.

— Oui. Plusieurs fois.

— Alors…

Je m'interrompis, n'ayant pas envie de terminer la question.

— Pourquoi ne l'ai-je pas tuée ? finit-il pour moi. J'ai essayé. Deux fois.

Je me rappelai ce que j'avais lu dans le livre, à propos de Poséidon qui avait fait deux voyages en Atlantide avec des malades, et qui était revenu après les avoir guéris.

— J'ai lu que tu étais allé en Atlantide deux fois, dis-je lentement. L'auteur du livre pensait que tu avais emmené des malades à la fontaine de Zoi.

— Une ruse.

— Quoi ?

— C'était une ruse. À l'époque, les citoyens de l'Olympe avaient encore de lointains souvenirs de la fontaine, il était donc facile de jouer avec leurs croyances. Il n'y avait pas de malade avec moi, à chaque fois, même si j'ai laissé le reste du monde y croire.

— Tu es juste descendu pour tuer Méduse ?

— Oui.

— Et ?

— Et j'ai échoué.

Je regardai autour de moi, une sensation de malaise me rampant partout sur la peau. Poséidon n'avait pas réussi à la vaincre, deux fois, à pleine puissance. Et maintenant, nous étions sur son territoire, selon ses conditions et celles d'Atlas, et Poséidon était pratiquement impuissant.

Je frissonnai en l'imaginant sortir de derrière chaque colonne brisée et chaque mur effondré que nous croisions.

— Comment la ville a-t-elle été complètement détruite ?

Je craignais de connaître déjà la réponse.

— La plupart des dégâts ont été causés lorsqu'elle a coulé au fond de l'océan. Les dégâts à l'ouest, dit-il en agitant la main vers notre gauche, sont arrivés la dernière fois que je suis venu.

Je déglutis.

— Pour combattre Méduse ?

— Oui.

— Où est la fontaine de Zoi ? demandai-je en changeant de sujet.

—Il y avait autrefois un palais au milieu de la ville qui l'abritait, mais il a été détruit quand Méduse s'est métamorphosée.

— La fontaine n'a pas été endommagée ?

Poséidon me jeta un coup d'œil pendant que nous marchions.

— La fontaine de Zoi est plus ancienne que tout le reste de l'Olympe. Rien ne peut l'endommager.

— Oh. Bien.

J'essayai d'ignorer une famille de statues de pierre à ma droite, debout devant une porte de travers.

— Il faut y aller ? Au vieux palais ?

Avant que Poséidon ne puisse me répondre, Bleu hennit bruyamment devant nous. Il était en vue, et il poussait sa grosse tête dans l'embrasure d'une porte en ruines, en piaffant.

Nous courûmes à petites foulées pour le rejoindre.

— Qu'est-ce qu'il y a, Bleu ?

Le bâtiment qui l'intéressait était remarquablement intact, comparé à beaucoup d'autres aux alentours. Les murs n'étaient qu'à moitié effondrés entre des colonnes ébréchées, et quand je levai les yeux, je vis qu'une grande partie du toit pointu était toujours là. Cela avait pu être un temple. Je jetai un œil par l'arche précaire et vis que Bleu regardait les dalles en marbre par terre. Une image de coquille était gravée sur la première.

— Regarde.

Poséidon se déplaça derrière moi pour regarder ce que j'indiquais, sa proximité faisant picoter ma peau et accélérer mon pouls.

— Je suppose que nous avons trouvé notre premier test, dit-il sombrement.

ALMI

L'intérieur du temple était sombre, la lumière s'infiltrant seulement par les fissures du plafond et éclairant un couloir étroit qui servait d'entrée. L'appréhension m'envahit, sachant que n'importe quoi aurait pu se cacher dans l'obscurité, à nous attendre.

— Air ?

Mon tourbillon s'éveilla à côté de moi, et je me sentis un peu mieux.

— Je passe le premier.

J'ouvris la bouche pour protester, mais il m'avait déjà dépassée. Je secouai la tête et pressai silencieusement mon tourbillon d'aller avec lui.

Prudemment, nous nous dirigeâmes vers les ruines du temple. Alors que nous marchions dans le couloir sombre, je vis d'autres coquillages gravés sur les grandes dalles sous nos pieds. Le marbre avait dû être brillant et poli autrefois, mais maintenant, la poussière recouvrait tout. Poséidon s'arrêta devant moi, et je faillis lui rentrer dedans, tant j'étais concentrée sur le sol.

— Qu'est-ce qui ne va pas ?

— Il y a une autre gravure sur les dalles.

Je fis un pas pour être à sa hauteur et vis la sculpture d'un serpent sur le carreau central. Le couloir faisait trois dalles de large, et sur la rangée suivante, il y avait une gravure d'arbre sur le carreau de gauche, rien sur celui du milieu, et un requin sur le troisième. Il faisait trop sombre pour voir ce qui était gravé plus loin, mais je pouvais voir faiblement qu'il y avait des images.

— Tu penses que c'est une sorte d'énigme ?

— Je ne sais pas.

Il se retourna légèrement et tira une petite étoile à lancer d'une de ses lanières de cuir. Il la jeta sur les carreaux devant nous. Avec un petit claquement, celle-ci atterrit sur le requin. Il ne se passa rien pendant un instant, puis la dalle s'enflamma avant de se désintégrer complètement. Une lumière chaude et scintillante émana de ce qui était maintenant un trou au milieu du couloir, et je restai bouche bée, penchée en avant, à essayer de voir ce qu'il y avait en dessous.

— De la lave.

Poséidon était plus grand que moi et pouvait voir plus loin.

— Merde. Comment savoir sur quelles dalles marcher ?

— Je ne sais pas.

— Tu as combien de ces étoiles à lancer ?

— Une autre.

— Hum.

Je plissai les yeux en regardant le couloir, totalement incapable de voir où il se terminait.

— Je ne suis pas sûre que cela nous mènera très loin.

— Je pense qu'on devrait marcher sur les dalles sans gravures.

Il semblait résolu.

Je fronçai les sourcils.

— Pourquoi ?

— Parce que je ne comprends pas les arbres ou les serpents.

Je clignai des yeux.

— Tu comprends les requins ?

— Oui.

— Et la dalle avec le requin nous aurait envoyés à une mort brûlante.

Il s'arrêta.

— Je vois ce que tu veux dire. Mais je pense quand même qu'on devrait passer par-dessus la première rangée et atterrir sur la dalle vierge au milieu.

Je laissai échapper un soupir. Je n'avais pas de meilleures idées.

— Jette ton autre étoile, pour vérifier que c'est sûr.

Il sortit la petite arme tranchante de sa sangle et la jeta avec précaution sur la dalle vierge au milieu de la deuxième rangée. Le marbre s'embrasa, puis tomba en poussière, et le trou dans le couloir fut alors deux fois plus large.

Je posai mes mains sur mes hanches.

— Ça s'est bien passé.

— Au moins, nous savons quelle dalle est la bonne dans cette rangée, maintenant, déclara-t-il. Celle avec l'arbre.

Je pointai du doigt le couloir d'une longueur indéterminée.

— Je ne sais pas du tout combien il va falloir en traverser, mais j'imagine beaucoup.

— Alors on ferait mieux de se bouger.

Je soupirai. La première rangée serait facile à franchir pour Poséidon, ses jambes étant bien plus longues que les miennes. Mais j'allais devoir sauter.

— Je passe en premier, dis-je, soucieuse de m'assurer une zone d'atterrissage dégagée.

— Bien.

Je retins mon souffle et résistai à l'envie de fermer les yeux quand je sautai par-dessus la première rangée, sur la dalle avec l'arbre. Je vis une lueur émaner autour de mes jambes lorsque j'atterris, sentis de la chaleur, puis le sol sous moi sembla soudain instable. Un cri s'éleva de mes lèvres quand la dalle commença à tomber sous moi.

— Almi !

Alors que Poséidon criait mon nom, je sentis le vent fouetter autour de moi, puis je montai au lieu de descendre. Mon tourbillon s'était dilaté et enveloppé autour de moi, me soulevant complètement au-dessus du sol carrelé.

— Tu peux m'emmener au bout du couloir ?

L'adrénaline déferla en moi tandis que je murmurais la question. Le tourbillon siffla un peu plus vite, puis nous survolâmes le sol, filant dans le couloir.

J'essayai de prendre de profondes respirations pendant notre vol. Il y avait une petite ouverture qui laissait entrer la lumière à ce que je supposais être le bout du couloir. Au fur et à mesure que nous nous rapprochâmes, l'ouverture grandit jusqu'à devenir une porte voûtée. Doucement, mon tourbillon me posa sur mes pieds, juste sur le seuil de la porte. Je me cramponnai à l'arche tout en regardant la pièce au-delà.

— Almi ! Almi, ça va ? hurla la voix de Poséidon depuis l'autre bout du couloir.

— Oui ! hurlai-je en retour, incapable de détacher mes yeux de ce que je voyais. Tu peux faire traverser le couloir à Poséidon ? demandai-je à mon tourbillon.

Avec une petite rafale que je pris pour un *oui*, celui-ci repartit dans le couloir.

J'entendis un cri masculin, puis une minute plus tard, le

courant d'air tourbillonnant déposa le roi de la mer à côté de moi.

— Almi, je pensais…

Sa voix s'éteignit lorsqu'il remarqua ce qu'il y avait dans la pièce devant nous.

Un trésor.

La pièce brillait d'or, et non pas à cause d'un plafond magique ou d'un dispositif d'éclairage, mais parce qu'elle en était remplie du sol au plafond.

L'espace descendait à six pieds au-dessous de nous, des marches de pierre conduisant à la pièce, ce qui expliquait qu'elle soit en si bon état par rapport à l'extérieur du bâtiment. On aurait dit un trésor qu'un dragon aurait pu garder, avec des tas de pièces d'or partout, d'énormes coffres en bois ouverts et débordant de pierres précieuses de toutes les tailles et de toutes les couleurs imaginables.

— Il faut qu'on trouve une toute petite coquille dans tout ça, soufflai-je. D'où ça vient ?

— Méduse a dû accumuler ce trésor. Elle a eu de nombreuses années pour tout amasser.

— Tu veux dire qu'elle a passé toutes ces années à fouiller une ville morte pour voler les objets de valeur de tout le monde ? dis-je en le regardant.

Il haussa les épaules.

— Elle n'avait pas grand-chose d'autre à faire. Et elle est cupide et aime la richesse et le pouvoir.

Je secouai la tête en me retournant vers la pièce. Poséidon posa le pied sur la première marche, et je tendis instinctivement la main pour lui attraper l'épaule.

— Attends ! Et si c'était comme dans la Caverne aux Merveilles, et si tu touches autre chose que la coquille, ça va essayer de te tuer ?

Il me regarda comme si je m'étais cogné la tête.

— Quoi ?

— Ne touche à rien d'autre qu'à la coquille, dis-je.

— Comment sommes-nous censés trouver la coquille sans rien toucher ?

Il leva son bras, désignant les tas de trésors de trois mètres de haut.

— Je ne sais pas, me renfrognai-je. Fais attention.

Ensemble, nous descendîmes les marches de pierre, nous enfonçant dans le trésor. Les portions de murs que j'apercevais montraient les dieux olympiens sur leurs trônes, royaux et cérémoniaux. La chouette d'Athéna était perchée sur son épaule, et une partie de Zeus était masquée par une statue colossale et dorée de ce qui ressemblait à une orchidée. Il n'y avait pratiquement pas de place par terre pour marcher, et je laissai échapper un sifflement bas quand nous passâmes devant un navire sculpté presque aussi grand que moi, aux détails exquis.

— On pourrait rester là pendant des jours.

— Nous n'avons pas des jours devant nous.

— Tu parles, Charles.

Je regardai mon tourbillon, maintenant plus petit et rebondissant à côté de moi.

— Tu sais où se trouve la coquille ?

Il vrombit autour de ma tête plusieurs fois, puis se posa sur mon épaule.

— Je prends ça pour un non. Kryvo ? Des idées ?

— Non. Pardon. Mais je pense que tu as raison de ne toucher à rien dont tu n'as pas besoin.

— Kryvo dit que j'ai raison…

Poséidon leva la main.

— Chut. Tu entends ça ?

Je me tus, à l'écoute. Au bout d'une seconde, j'entendis le léger cliquetis du métal.

— Est-ce que ces pièces bougent ? chuchotai-je.

— Je pense que oui, murmura-t-il en retour.

Tournant lentement sur lui-même, il tira son couteau de l'une de ses sangles de poitrine.

Je l'imitai, tirant de ma cuisse le poignard de Galatée. La peur m'envahit alors que mes yeux s'attardaient entre les tas de pièces. Mon regard se figea lorsque je remarquai du mouvement. Une seule pièce de monnaie, qui dégringolait tranquillement sur le côté d'un des plus grands tas de trésors.

— Là ! soufflai-je, pointant du doigt.

Alors que Poséidon se tournait vers le tas, celui-ci explosa. Des pièces de monnaie, des pierres précieuses, des gobelets et des bibelots volèrent partout, inondant la pièce quand un énorme serpent surgit de l'endroit où il s'était caché, sous la montagne du trésor. J'eus à peine le temps de réagir lorsque l'énorme gueule du reptile s'abattit sur Poséidon. Ce dernier bondit en arrière, piquant du couteau vers la créature, alors que mon tourbillon volait entre eux. Il agaça la tête du serpent, le tenant à distance assez long-temps pour que je puisse l'observer. Il était aussi doré que la pièce où nous nous trouvions, brillant d'écailles métal-liques, et il était si long que je ne pouvais même pas voir le bout de sa queue. Il glissa loin du tourbillon, essayant de nous contourner. J'entendis un grand fracas, et quand je regardai par-dessus mon épaule, je vis qu'une dalle de marbre était descendue devant l'entrée. Nous étions pris au piège.

La panique déferla en moi, et je sentis mon lien avec le tourbillon se renforcer en réaction.

— On a besoin d'une issue !

Je ne savais pas si je parlais à Poséidon ou à mon tour-billon, mais les deux réagirent. Poséidon sauta par-dessus le corps du serpent qui le contournait, prêt à refaire claquer ses mâchoires. Ses crocs brillaient de salive, et sa tête était aussi grosse que la poitrine de Poséidon. Celui-ci frappa rapidement avec le couteau, touchant le serpent juste derrière la tête. La créature siffla, reculant un peu.

Mon tourbillon avait abandonné le serpent et filait le long des murs, comme à la recherche de quelque chose. Je me risquai à fermer les yeux, afin de pouvoir essayer de me concentrer sur ma magie.

Il cherchait des courants d'air, réalisai-je en laissant mes sens fusionner avec lui. Il cherchait une issue, comme je le lui avais demandé.

Quelque chose heurta mes jambes, et mes yeux s'ouvrirent. La douleur jaillit dans mon tibia, et je trébuchai, la queue dorée du serpent passant devant mon visage.

J'essayai de bondir sur mes pieds, mais je fus trop lente. La queue s'enroula autour de ma taille, me soulevant du sol. Poséidon était toujours à frapper la tête du serpent qui se précipita à plusieurs reprises vers lui, et je me rappelai tardivement le poignard de Galatée que j'avais à la main. Avec un cri, je le plantai dans les écailles dorées. Lorsque la lame entra en contact, je crus qu'elle ne transpercerait pas le blindage brillant, mais la résistance disparut, et l'acier s'enfonça dans la queue du serpent. La créature laissa échapper un sifflement, puis me projeta loin de lui.

Je ne pus m'empêcher de crier de douleur quand je percutai le solide mur de pierre. L'air quitta ma poitrine sous le choc, puis je m'écrasai par terre, atterrissant maladroitement. Quelque chose craqua dans ma cheville, et je ressentis une douleur si féroce que j'en fus brièvement étourdie. Luttant contre la nausée, j'essayai de me relever, échouant à ma première tentative. La douleur dans ma jambe était trop forte, et je retombai sur mes fesses.

— Almi !

Poséidon rugit mon nom, mais le serpent ne lâcha pas prise. La queue déferla à nouveau vers moi.

J'envoyai un appel silencieux à l'air, et mon tourbillon chargea dans la mêlée, éloignant la queue de moi avant qu'elle ne puisse se rapprocher.

Un craquement sonore retentit derrière moi, et je me penchai en arrière, pour voir d'où venait le bruit.

Il y avait une fissure de trois pieds dans la pierre, là où j'avais heurté le mur. Sous mon regard, la fissure s'agrandit. Lentement au début, puis presque trop vite pour mon cerveau, elle serpenta le long du mur, puis du plafond. Le bruit de craquement retentit plus fort, et le serpent s'arrêta. Levant ses pupilles reptiliennes fendues vers le plafond, le serpent frémit, puis s'éloigna de Poséidon, se retirant dans la montagne de pièces et d'or d'où il était sorti.

Je me penchai en avant, sur mes mains et mes genoux. Si je ne pouvais pas me tenir debout, alors je ramperais.

— Poséidon, je pense qu'il faut sortir d'ici !

Il fut à mes côtés en quelques secondes, à essayer de me remettre sur mes pieds. Mon tourbillon était de l'autre côté, à essayer de me maintenir debout. Les craquements s'étaient transformés en fracas. Je jetai un coup d'œil derrière moi, juste à temps pour voir que le mur que j'avais heurté était en train de s'effondrer. Une masse de dalles et de morceaux de pierre tombaient vers nous.

Mon tourbillon grossit, tournoyant autour de nous si vite que, lorsque les premiers blocs de roche nous tombèrent sur la tête, ils furent soufflés plus loin. Mais les dalles devenaient plus grosses, et il y en avait trop pour que ma tornade puisse toutes les retenir. Surtout si j'étais affaiblie. La tête me tournait, car la douleur dans ma jambe attirait trop mon attention.

— Le plafond s'est détaché de ce côté. On pourra peutêtre sortir, appela Poséidon, pointant le doigt vers le haut.

— Comment ? Si le tourbillon s'arrête, on sera écrasés !

Les débris de pierre s'accumulaient autour de nous sous la forme d'un anneau, et si le tourbillon cessait de nous protéger ne serait-ce qu'une seconde, nous serions écrasés sous le bâtiment effondré.

— Chrysos ! rugit Poséidon.

Des ailes dorées apparurent immédiatement au-dessus de nous. Le pégase descendit en piqué, sans se soucier de la chute des pierres, plongeant dans la clairière dégagée par le tourbillon. Il n'y avait pas assez de place pour que le cheval atterrisse, mais Poséidon enroula fermement un bras autour de ma taille, puis sauta haut lorsque Chrysos nous rejoignit. À ma grande horreur et à mon étonnement, il s'accrocha au cou du pégase, et le cheval ailé se mit aussitôt à battre des ailes, nous tirant du bâtiment qui s'écroulait.

ALMI

— Ne lâche pas ! hurlai-je, en me balançant au bras de Poséidon, et en essayant de ne pas le regarder se balancer lui-même au cou de Chrysos. Il est super fort, il est super fort, scandai-je en fermant les yeux.

— Je *suis* super fort, déclara Poséidon.

Et j'ouvris les yeux lorsque Chrysos jaillit du haut du bâtiment et vola sur la courte distance jusqu'à la route. Poséidon atterrit légèrement, me posant doucement sur mes pieds. Les sabots de Chrysos claquèrent par terre lorsqu'elle atterrit à côté de là où Bleu claquait des dents avec anxiété.

— Merci, Chrysos, haletai-je. Je pense que je me suis cassé la cheville, dis-je quand j'essayai de m'appuyer très légèrement dessus et qu'une douleur lancinante accompagna le mouvement.

Je trébuchai, et Poséidon resserra son étreinte autour de moi.

— Il faut qu'on se repose.

— Mais on n'a trouvé aucune coquille.

La culpabilité m'envahit, accompagnée d'une vague de colère. Nous avions risqué nos putains de vies dans ce temple, et nous n'avions même pas de coquillage en échange.

— Gagner, ce n'est pas aussi important que de vivre, dit-il avec gravité en me regardant. La potion de Perséphone guérira ta cheville rapidement, mais seulement avec du repos.

Une autre vague de vertiges et de douleurs me secoua.

— Et si quelqu'un d'autre trouve la coquille rouge et met fin à l'Épreuve ?

— Alors on quittera cet endroit sans affronter Méduse. Ce sera une victoire.

— Mais ton trident ! Ton royaume.

Je le regardai.

— Je vais les reconquérir. Une fois que je serai guéri.

Je savais qu'il n'y croyait pas. Je pouvais l'entendre dans sa voix, le voir sur son visage.

— Conneries.

— Almi, je ne me disputerai pas avec toi. Si tu veux m'arracher la vérité, alors très bien. Il n'y a pas moyen qu'Atlas accepte de mettre fin à tout ça avant qu'on se soit frottés à sa femme. S'il a saboté les Épreuves de Poséidon, c'était pour se venger de moi.

Je clignai des yeux pendant que je traitais ces informations.

Il avait raison. Atlas était responsable. Il se jouait de nous, et de tout le monde.

— Bien. On va se reposer.

Appuyée sur le bras de Poséidon, j'essayai de boitiller à ses côtés à la recherche d'un endroit raisonnablement stable où nous reposer. Mais je ne fis que quelques pas avant d'être obligée de retirer complètement mon poids de ma jambe blessée. J'essayai de sautiller, mais Poséidon s'immobilisa, fronçant les sourcils vers moi.

— Tu pourrais me porter sur ton dos ? dis-je pour plaisanter, alors que c'était un gros problème de ne pas pouvoir marcher dans un lieu aussi dangereux.

Poséidon plissa les yeux, puis, d'un mouvement rapide, se pencha et me prit dans ses bras.

Je réprimai un couinement, jetant mes bras autour de son cou sous l'effet de la surprise. Des picotements me parcoururent partout où ma peau se pressait contre la sienne, et mon souffle se fit un peu plus court. Évitant mon regard, le dieu de la mer commença à marcher vers le bâtiment.

— Je ne suis pas trop lourde ? demandai-je maladroitement.

— C'est ma magie qui est affaiblie, pas mon corps, grogna-t-il.

— Oh.

Il mesurait plus de deux mètres, tout en muscles. Je ne pesai probablement rien pour lui.

— Bon à savoir.

Il haussa un sourcil, dardant enfin ses yeux vers les miens.

— Que mon corps soit en bon état de fonctionnement ?

Je déglutis.

— Oui.

— N'aie aucun doute.

Je n'en avais pas.

Un kilomètre plus loin, il se baissa prudemment sous la porte en ruine du bâtiment en pierre pâle, alerte et tendu alors qu'il regardait autour de lui. Une lumière poussiéreuse filtrait à travers les fissures des murs et du plafond, et en regardant autour de moi, je vis que l'endroit avait autrefois été la maison de quelqu'un. Heureusement, il n'y avait pas de statues à l'intérieur. La pièce dans laquelle nous entrâmes était un grand salon, avec une cuisine à l'arrière, une longue table au milieu et de grands canapés coûteux devant. Les tissus d'ameublement s'étaient désintégrés, et je doutais que les pieds de la table tiennent sous la pression. Il n'y avait qu'un seul étage, et trois portes fermées que je pouvais voir. Poséidon me remit doucement sur mes pieds.

— Je vais vérifier les autres pièces, dit-il calmement.

Je hochai la tête et me stabilisai en agrippant le bras du canapé derrière moi. À ma grande surprise, il semblait solide, bien qu'un peu sale.

Poséidon annonça que le bâtiment était sécurisé quelques minutes plus tard. Une partie de ma tension ayant disparu, je me laissai tomber sur mes fesses. La poussière monta en nuage autour de moi, et Kryvo fit un bruit mécontent.

Je toussai, et Poséidon arriva, en agitant la poussière avec les mains.

— Je crains que ce ne soit pas très confortable. Mais je vais barrer la porte, et au moins, ce sera sûr. Mange.

Je fis ce qu'on m'avait dit, détachant ma ceinture pour sortir des choses des pochettes. Je bus d'abord la potion que Perséphone nous avait donnée, puis je mangeai les pâtisseries farcies à la viande dont nous nous étions chargés dans la cambuse de *Mossy*.

Lorsque Poséidon revint après avoir barricadé la porte avec le dessus de la table, je lui passai les pâtisseries restantes. Il s'abaissa pour s'asseoir à côté de moi et mangea.

— J'ai renvoyé les pégases au navire. Je n'ai pas l'habitude de presque mourir.

Je ne sus pas tout de suite quoi dire.

— Je suppose que l'immortalité ne t'a pas préparé à ça, hein ?

Il avait un regard intense dans les yeux quand il me fixa.

— Non. En effet.

— Depuis combien de temps tu souffres du fléau de la pierre ?

— Quelque temps. Mais cela n'avait jamais été comme ces dernières heures.

— Tu sais, on a failli mourir plusieurs fois au cours de la semaine dernière. Tu as oublié la fleur cadavre ?

Je frissonnai rien qu'en pensant à la plante sous-marine toxique.

— J'étais inconscient quand j'ai failli mourir cette fois-là, déclara-t-il. Je ne regardais pas la mort en face.

— Et quand on a failli tomber dans la gueule du talontaure ?

Sa bouche se tordit aux coins, et je fronçai les sourcils.

— Qu'est-ce qu'il y a de drôle à propos de cette créature ?

— Tu n'aimes pas avoir tort.

— Non. Personne n'aime ça.

— Certainement. Mais c'est un trait particulier aux dieux et à la royauté.

Son sourire s'étendait lentement, et mon estomac se serra.

— Le rôle de reine te va mieux que tu ne le penses, Almi.

Je pouffai, incapable de soutenir son regard.

— N'importe quoi. Je suis inexpérimentée, impulsive et je n'ai généralement aucune idée de ce que je fais.

— Pourtant, tu trouves toujours un moyen. Tu n'abandonnes jamais. C'est courageux.

— C'est de l'entêtement obstiné. Motivé par mon envie de sauver Lily.

— Tu as bon cœur. Tu aides les autres même si cela n'a rien à voir avec ta sœur. Comme ce garçon dans cette ville…

Il s'interrompit brusquement.

— Poséidon, dis-je lentement. De quel garçon dans quelle ville parles-tu ?

J'avais l'estomac noué. Je savais de quel garçon il parlait. Mais il n'y avait aucun moyen qu'il puisse savoir ça.

La sauvagerie remplit ses yeux, orageuse et lumineuse.

— Le garçon pour qui tu as volé de la nourriture. Le garçon sans abri.

Quand j'étais en Allemagne, à la recherche du livre, un garçon d'environ huit ans, sans abri et affamé, avait commencé à traîner autour de ma caravane. J'avais une assez bonne routine pour voler du pain et du jus de fruit à l'arrière d'une camionnette de livraison qui faisait le tour du quartier à l'aube, et j'avais commencé à en prendre un peu plus pour en donner au garçon. Nous n'avions pas de langue commune, mais j'avais formé un lien avec le gamin. Quand j'étais passée à autre chose, je m'étais longtemps inquiétée pour lui.

— Comment peux-tu savoir ça ?

Je pouvais sentir de l'énergie émaner du dieu, et je me sentais un peu essoufflée.

— Tu n'as jamais été seule, Almi, finit-il par dire.

— Comment sais-tu pour l'enfant sans-abri ? répétai-je.

— Je t'observais.

Mon esprit se vida un instant, et un million d'émotions déferlèrent en moi.

— Tu *m'observais ?*

Poséidon leva les mains, parlant rapidement.

— Pas en permanence, ou d'une manière indécente. Sur mon honneur, jura-t-il en pressant une main contre sa poitrine. J'utilisais mon pouvoir pour te surveiller de temps en temps, rien de plus.

Je le fixai, sans rien comprendre.

— Pourquoi ? Pourquoi m'espionnerais-tu ?

— Je ne t'espionnais pas. Même si je comprends que ça puisse te donner cette impression. Je m'assurais que tu étais en sécurité.

— Tu protégeais tes actifs ?

Je luttai pour me relever. J'avais besoin d'espace, besoin de m'éloigner. Mais ma jambe ne me le permit pas, et je retombai durement sur mes fesses. Poséidon marcha vers moi pour m'aider, mais je lui lançai un regard suggérant que, s'il s'approchait de moi, j'allais le tuer, et il s'immobilisa.

— Je protégeais ma femme.

Sa voix devint grave.

— As-tu la moindre idée de ce que ça fait d'apprendre qu'un dieu t'a secrètement observée toute ta vie ?

Sa mâchoire se serra.

— Je me suis périodiquement assuré que tu étais en sécurité. C'est tout.

Ce qu'il disait, et tout ce que cela impliquait, me fit réfléchir.

— Tu devais savoir que j'avais la boussole métafora. Tu devais savoir que j'allais revenir pour voler ton vaisseau.

Il secoua la tête.

— Non. J'ai arrêté de te surveiller il y a plus d'un an.

— Pourquoi ?

Il prit une longue inspiration, ses yeux chargés d'émotions non identifiables lorsqu'il les ramena vers mon regard livide.

— C'était trop douloureux. Je tombais amoureux de toi.

Ma colère tumultueuse s'arrêta. Je déglutis, le fixant du regard.

— Comment ?

Ce mot était un aboiement rauque.

— Comment pourrais-tu tomber amoureux de quelqu'un que tu ne connaissais pas ? Quelqu'un dont tu as gâché la vie ?

— Tu ne t'es pas laissé faire. Tu as toujours été positive. Tu étais tout ce que je n'avais pas dans ma vie. Je me suis surpris à te désirer de plus en plus.

Il leva à nouveau la main.

— Je veux dire : toi, pas ton corps. Je ne t'ai jamais, jamais regardée de manière inappropriée. Je ne ferais ça à personne, surtout pas à une femme que je respecte autant que toi.

— Je ne comprends pas, dis-je dans un souffle, en me frottant les mains sur la figure.

L'émotion me submergea, des informations disparates résonnant à mes oreilles.

Si j'acceptais le fait qu'il disait la vérité et qu'il ne m'avait pas épiée sous la douche pendant près d'une décennie, alors j'étais moins en colère contre lui. Il avait veillé sur moi, ce qui correspondait à l'homme que j'apprenais à connaitre – quelqu'un qui pesait les conséquences de ses actes et n'aurait pas épousé une fille pour ensuite la jeter dans un monde différent sans réfléchir.

— Je l'ai su le premier jour où je vous ai rencontrées, toi et ta sœur.

— Su quoi ?

J'avais presque trop peur de croiser à nouveau son regard.

— Que c'était de toi que j'étais destiné à tomber amoureux. Même alors, sans magie, tu brillais comme un putain de phare à mes yeux. Mais je connaissais le reste de la prophétie. Je savais que si nous tombions amoureux, tu mourrais. Mais je savais aussi que j'avais besoin du cœur de l'océan. Je n'avais pas le choix. Pour te sauver la vie, je devais épouser ta sœur. Quand ça a mal tourné, il était trop dangereux de te garder près de moi, alors je t'ai envoyée dans le monde des humains. Je pensais naïvement que tu te sentirais plus à ta place là-bas qu'entourée de gens qui ont de la magie. Je n'ai pas pu rester à l'écart, cependant. Je t'ai observée. Et plus je voyais ton esprit, plus je savais que j'avais raison. J'ai vu ce que je t'avais fait, en te séparant de Lily. J'ai commencé à me détester pour ça, mais plus tu me haïssais, moins j'étais susceptible de causer ta perte. Alors j'ai accepté ta haine. Je me suis résigné à une vie où mon épouse, la femme que je désirais plus que la vie elle-même, devait me détester. Il fallait que je sois la cause de ton malheur.

ALMI

La tête me tournait quand il cessa de parler.

— J'ai besoin que tu partes.

Ma voix était étonnamment calme.

Son visage fermé s'assombrit.

— C'est dangereux, ici. Je ne peux pas te quitter.

— Va juste dans une autre pièce ou quelque chose comme ça, dis-je en agitant la main avec un désespoir qui ne s'entendait pas dans ma voix calme. J'ai besoin d'espace. Maintenant.

Lentement, il se leva. Avec un dernier regard perçant vers moi, il s'éloigna.

Quand j'entendis une porte se refermer doucement, je penchai la tête en avant et laissai échapper un souffle tremblant, des larmes silencieuses coulant de mes yeux.

Toute ma putain de vie n'avait été qu'un mensonge. J'avais passé des années à me sentir si seule que j'en avais eu mal, et quelqu'un avait été amoureux de moi pendant tout ce temps. Pas seulement quelqu'un, mais mon putain de mari. L'homme que j'avais appris à haïr de plus en plus à chaque minute où j'étais restée loin de chez moi et de ma sœur.

Mais il avait tout fait pour essayer de me sauver. Il avait sacrifié son désir, s'était rendu malheureux, avait appris à se détester lui-même autant que moi, à faire ce qu'il avait jugé nécessaire pour me protéger.

La douleur sur son visage quand il m'avait tout raconté avait été insupportable à regarder. Était-ce pour cela que je venais de le renvoyer ?

Je fermai les yeux. *Lily ?*

Ma voix mentale était minuscule quand je prononçai le nom de ma sœur.

Il n'y eut pas de réponse.

Lily ? Lily, j'ai besoin de toi.

Rien.

— Poséidon !

J'appelai son nom, et le dieu accourut dans la pièce, le couteau tiré et les muscles bandés. Il regarda autour de lui à la recherche de la menace, avant que ses yeux ne se posent sur moi.

— Elle ne répond pas. Lily ne répond pas.

Il tomba à genoux devant moi, rangeant son couteau.

— L'Atlantide bloque probablement toute communication mentale, dit-il doucement.

Lentement, il tendit la main, essuyant une larme sur ma joue avec son pouce rugueux. Une autre la remplaça instantanément.

— Tu penses qu'elle me parle vraiment ? Ce n'est pas moi qui l'invente ?

Il acquiesça.

— Oui.

— Et si je ne pouvais pas lui parler parce qu'elle était morte ?

Les mots résonnaient à peine quand je les prononçai, ma voix se brisant sur le dernier.

— Elle ne l'est pas.

Sa main se posa sur ma joue d'un air rassurant.

— Tu n'en sais rien ! Et si j'utilisais trop de puissance, et...

Son autre main bougea, de sorte qu'il me retenait la tête des deux côtés, me forçant à le regarder en face.

— Lily est en sécurité. On arrive en Atlantide par un portail, et je suis sûr que c'est ce qui la bloque.

Il parla lentement et fermement, et je me calmai.

— Tu peux parler à ton frère ?

— Je ne veux pas prendre le risque d'utiliser mon pouvoir. Mais tu es assez forte pour essayer.

Je clignai des yeux, puis fermai les paupières. *Perséphone ? Tu m'entends ?*

Il n'y eut pas de réponse. Mon rythme cardiaque ralentit un peu plus.

— Je ne pense pas que ça marche, dis-je à Poséidon.

Son emprise sur mon visage se détendit, et sans réfléchir, je levai ma propre main pour l'empêcher de s'éloigner.

Il se figea, en me fixant. Les vagues s'écrasaient dans ses beaux yeux.

— Je suis désolé, dit-il. Pour tout ce que j'ai fait. Et pour te l'avoir dit aujourd'hui. Je n'aurais pas dû.

— Tu aurais pu faire autrement. Tu aurais pu envoyer Lily avec moi.

— Si seulement j'avais pu. Mais elle était malade, et je ne pouvais pas prendre le risque que quelqu'un d'autre essaie de l'atteindre pour avoir le cœur de l'océan. Dans mon royaume, je savais qu'elle était en sécurité.

— Tu aurais pu me faire savoir que je n'étais pas seule. Tu aurais pu me dire pourquoi j'avais été exilée.

Il acquiesça.

— Je croyais que tu recommencerais à zéro dans le monde humain, ton souvenir de moi plein de colère et de distance. Je n'imaginais pas l'amour entre toi et ta sœur. Je suis désolé. Je me suis tellement trompé.

Pendant une seconde, il eut l'air si humain, si peiné et plein de regrets.

— Tu t'es vraiment trompé.

Il baissa les yeux, incapable de soutenir mon regard rempli de larmes.

— Mais pour les bonnes raisons.

Ses yeux remontèrent vers les miens, flamboyants de lumière.

— Tu me pardonneras ?

— Non. Mais je pense que je te comprends.

Il ne dit rien pendant un long moment, et ça devenait insupportable d'être si près de lui. En moi, l'envie d'avancer mes lèvres vers les siennes se le disputait à celle de le gifler. Il avait contrôlé toute ma vie, pris à mon insu toutes les décisions concernant mon avenir, puis m'avait secrètement observée. Et il avait fait tout son possible pour faire passer ma vie avant son bonheur.

— Je préfère ta compréhension à ton pardon, finit-il par dire.

Lentement, il se leva, faisant courir ses doigts le long de ma mâchoire, et sa réticence à s'éloigner étant presque tangible.

Ma main s'envola pour l'empêcher de partir, mais quand je fus à quelques centimètres de le toucher, je me retins.

J'étais en terrain glissant. Je pouvais sentir l'émotion entre nous, comme je pouvais sentir ma magie quand je l'utilisais. C'était réel et puissant. Et potentiellement mortel.

Je ne savais pas comment je pouvais aimer un homme

qui avait déchiré ma famille. Mais le dieu que j'avais appris à haïr n'était qu'un mensonge.

Poséidon avait été poussé dans des situations impossibles, et il était douloureusement conscient des conséquences de ses actes.

Il ne faisait rien à la légère. Il n'accomplissait rien avec sa propre satisfaction comme motivation. Et ce qu'il m'avait fait, à moi et à Lily, c'était pareil. L'égoïsme n'avait pas guidé ses choix. Il n'y avait pas eu de bonne ligne de conduite qu'il avait délibérément ignorée.

Je ne l'aimais pas. Mais je ne m'en croyais plus incapable.

Et tandis que je le regardais dans les yeux, je sus que Lily et Perséphone avaient raison.

Il m'aimait.

ALMI

— Je pense que je vais te donner de l'espace,
dit-il d'une voix rauque.
Je hochai la tête.

— Oui. Mais, Poséidon ?

Ses yeux bleus surnaturels plongèrent dans les miens.

— Oui ?

— Reviens. Je ne veux pas dormir toute seule.

— Tout ce que ma reine désire.

Il se retourna, s'éloignant de moi à grands pas, vers
l'une des portes. Je m'effondrai, m'appuyant contre le
canapé et frottant mes mains sur mon visage. Quel bordel.
Quel désastre.

— C'est un homme extraordinairement compliqué.

La voix couinante de Kryvo était pensive.

— C'est un euphémisme, marmonnai-je, me sentant
instantanément un peu moins seule quand j'entendis
l'étoile de mer.

— Mais je suppose que tu es assez compliquée aussi.

— Vraiment ? Je suis simple.

— Tes objectifs sont simples. Mais ta situation ne l'est pas.

Je frottai mes tempes avec les pouces.

— C'est plus simple qu'il n'y paraît. Poséidon et tout le Verseau, ou Lily.

— Si tu survis assez longtemps pour avoir besoin de prendre cette décision.

— Merci pour ce rappel.

— Almi, tu vas avoir besoin d'une sorte de bandeau pour quand tu retourneras dehors. Si tu regardes Méduse dans les yeux, ça mettra fin à tout cela instantanément.

Je hochai la tête. Voilà les conseils pratiques dont j'avais besoin pour sortir de mes montagnes russes émotionnelles.

Poséidon était amoureux de moi. J'avais besoin de l'accepter, d'apprécier le danger que cela représentait et de passer à autre chose. Plus je m'attardais sur ce qu'il avait fait pour moi, ou du moins, sur ce qu'il avait essayé de faire, plus je prenais le risque d'approfondir mes propres sentiments. Et si je mourais, je ne pourrais pas le sauver, ni Lily.

— Oui. Très bonne idée, Kryvo.

Je maîtrisai mes pensées autant que possible, essayant de me concentrer sur tout ce qui n'était pas le dieu de la mer ou ma sœur.

— Tu peux me raconter une autre histoire d'une peinture murale ?

— Bien sûr. Quel genre d'histoire te plairait ?

— Rien de romantique. Tu as quelque chose d'héroïque ? Une histoire de survie improbable ?

— J'ai ce qu'il te faut.

. . .

Alors que Kryvo me racontait des histoires tirées des peintures du palais, je ramassai sur les canapés des coussins qui sentaient le renfermé, et je me fis un lit inconfortable sur le sol. L'élancement de ma cheville avait considérablement diminué, et je laissai la petite étoile de mer m'endormir, me concentrant suffisamment sur sa voix et ses histoires pleines d'évasion pour bloquer mes propres pensées tumultueuses. Je me réveillai brièvement lorsque Poséidon me rejoignit, réconfortée par sa présence imposante. Il resta à un pied de moi, et, l'esprit groggy, je réprimai mon envie de me coller contre son corps. Je savais très bien ce qu'il pouvait me faire ressentir, donc je savais aussi avec certitude que ce genre d'intimité pouvait littéralement me tuer.

Cela ne m'empêcha pas de rêver de lui à la seconde où je me rendormis.

C'était une bonne chose que Poséidon ne soit plus à mes côtés quand je me réveillai le lendemain. Du désir tambourinait en moi, et il était difficile d'oublier les souvenirs frissonnants de mon rêve.

— Arrête, Almi, marmonnai-je en m'asseyant, cherchant le dieu autour de moi. Il t'a espionnée pendant près d'une décennie. C'est un connard.

Sauf qu'il ne l'était pas. Et je le savais. Je le savais depuis qu'il m'avait sauvée du sang-pourri le jour où j'avais essayé d'atteindre son palais. Il semblait que ça s'était passé il y a une éternité.

— Comment va ta cheville ?

Sa voix me fit sursauter, et je pivotai sur mes fesses pour le voir entrer par la porte qui n'était plus barricadée.

Prudemment, je me levai, testant ma jambe.

Je n'arrivais pas à croire que, seulement la veille, j'avais été complètement incapable de m'appuyer sur ce même pied. La blessure était guérie. Je levai ma jambe indemne, tout mon poids sur ma mauvaise cheville. Ça allait. Aucune trace de blessure, aucune douleur ou gêne. Pas même un picotement.

— Si tu nous regardes, Perséphone, tu es mon héroïne, dis-je dans la pièce sombre.

Je remballai ce que j'avais sorties de ma ceinture, mâchonnant un morceau de viande séchée au passage.

— Kryvo m'a suggéré de me faire une sorte de bandeau sur les yeux, dis-je à Poséidon lorsqu'il me demanda si j'étais prête à partir.

Il était trop formel avec moi, et je savais qu'il était aussi préoccupé que moi par la précarité de notre lien émotionnel.

— Excellente idée.

Il agrippa l'une des lanières de cuir sur sa poitrine, qui brilla brièvement de bleu.

— Tu ne devrais pas utiliser de magie !

Il secoua la tête à ma protestation.

— Ce n'est pas ma magie. C'est la magie de la toge.

Lentement, il ouvrit ses doigts autour de la lumière, révélant le tissu aqueux de sa toge qui se dilatait rapidement.

— C'est génial.

Il haussa un sourcil, puis sortit son couteau d'une autre sangle. Soigneusement, il coupa une bande de tissu du bas de la toge. Je le regardai faire avec un pincement au cœur.

— Je ne suis pas surprise que ton vaisseau ne m'aime pas. Je parie que ta toge n'est pas très fan de moi non plus.

— Les deux sont réparables, dit-il en me tendant la bande de tissu turquoise.

De minuscules vagues aux crêtes blanches déferlaient dessus, et je me sentis inexplicablement attachée à elle.

— Toi, d'un autre côté, tu n'es pas réparable si tu es changée en pierre. Fais attention, Almi.

Je me détournai de son regard intense et hochai la tête.

— Toujours. Allons-y.

Bleu et Chrysos étaient dehors, dans la rue, quand nous quittâmes notre abri temporaire, et Bleu trotta vers moi dès qu'il me vit.

— Bonjour, beauté, dis-je au pégase alors qu'il poussait fort son museau contre mes mains. Tu as bien dormi ?

Il hennit à mon attention, bougeant la queue avec agitation. Je ne pouvais pas lui reprocher son anxiété. Il y avait quelque chose de troublant dans les rues de la ville silencieuse et engloutie de l'Atlantide, même sans avoir à s'inquiéter constamment de Méduse qui rôdait. La lumière semblait partout étrange, la seule illumination provenant du dôme d'argent glacé au-dessus de nos têtes. Au-delà, l'obscurité était suffocante, et si je levais les yeux trop longtemps, la panique commençait à monter en moi.

— Il faut qu'on aille au palais.

Je regardai Poséidon avec surprise.

— Mais tu as dit qu'ils s'attendaient précisément à ce que tu ailles là-bas ?

— Oui. Je suis fatigué de ces jeux. Je veux que ça se termine.

Ce qu'il ne disait pas à voix haute, c'était qu'il s'affaiblissait de jour en jour. Je pouvais sentir s'amenuiser l'énergie qu'il dégageait, et sa puissante aura l'était de moins en moins chaque jour.

— Pareil que toi, dis-je avec un hochement de tête. Finissons-en.

ALMI

Nous marchâmes pendant ce qui me sembla environ une heure, Poséidon confiant dans la direction qu'il suivait. Enfin, nous tournâmes à un virage, et la monotonie de la pierre grise s'interrompit. Et ce qui la remplaça n'était rien que j'aurais pu attendre.

De la mousse verte avait poussé sur toutes les ruines, et du lierre grimpait sur les colonnes encore debout, ainsi que sur certaines statues.

À trente pieds, bloquant la route que nous suivions, se trouvait une haute haie de dix pieds. Parfaitement taillée en un grand rectangle, et d'un vert vif contre le gris froid et le bleu pâle du reste de notre environnement, elle semblait tout sauf innocente. Il y avait une petite ouverture au milieu. Une entrée.

— Je pense que nous sommes sur le point d'entrer dans un dédale.

Poséidon me regarda.

— Tu veux dire un labyrinthe ?

Je hochai la tête.

— Oui, j'imagine que c'est pareil.

— Un labyrinthe, c'est rempli de choses prêtes à te tuer.

— Alors, on va bel et bien entrer dans un labyrinthe.

Je me remémorai ce que je savais à propos des labyrinthes. Il fallait arriver au milieu. Une légère claustrophobie mijotait en moi lorsque je m'imaginai prise au piège ou perdue dans un dédale mortel et sans fin.

— On ne peut pas simplement chevaucher Bleu et Chrysos jusqu'au milieu ? proposai-je avec espoir.

Poséidon regarda le pégase, immobile à côté de nous. Chrysos fléchit ses superbes ailes dorées, comme pour dire qu'elle était partante.

Alors que Poséidon ouvrait la bouche pour répondre, un fort bourdonnement commença.

— Qu'est-ce que c'est ?

Mon tourbillon s'anima à côté de moi, et Poséidon dégaina sa lame. Le bruit venait d'au-dessus de nous.

Un essaim de quelque chose tomba depuis les airs au-dessus de nous, se dispersant à mesure qu'il approchait. Les créatures étaient petites et d'or brillant, et ils ressemblaient beaucoup à des abeilles. Non, à des frelons. Ils inclinèrent leurs énormes dards vers nous tandis que Poséidon et moi brandissions nos poignards, pour les retenir. Mon tourbillon fila, les emportant. L'un des pégases émit un horrible hennissement strident.

— Bleu !

Le pégase s'était élancé dans les airs avec frénésie, ses ailes battant contre l'essaim de créatures autour de lui, sa bouche écumante alors qu'il claquait des dents. Mais ils étaient implacables. L'essaim m'avait oubliée, ainsi que Poséidon, se séparant à la place en deux groupes, entre les deux chevaux ailés. Chrysos trépignait et sautait, essayant de garder ses ailes repliées, mais je pouvais voir les créatures atterrir sur ses larges flancs, leurs aiguillons lui transperçant la peau.

Bleu émit un autre bruit horrible, et la peur et la colère me firent bondir vers eux. Mon tourbillon essayait de les repousser, mais il y en avait tellement ! Et il ne pouvait aider qu'un seul pégase à la fois.

— Retournez au bateau ! cria Poséidon.

Les yeux de Bleu trouvèrent les miens, comme s'il attendait ma permission pour partir.

— Vas-y !

Chrysos s'élança dans les airs, et avec un dernier regard frénétique, Bleu s'envola dans le ciel, l'essaim incapable de les suivre.

Mon tourbillon retourna à mes côtés, prêt à me défendre contre les insectes dorés qui restaient, mais avec un autre bourdonnement, ceux-ci s'envolèrent, se fondant dans la haie devant nous.

Je haletai légèrement, furieuse que Bleu ait été attaqué.

— Tu crois qu'ils ont été envoyés juste pour nous empêcher de voler ?

— Oui.

Poséidon avait l'air aussi furieux que moi.

— Enfoirés.

Il acquiesça.

— Ils paieront.

— Putain, oui.

L'adrénaline et la colère étaient exactement ce dont j'avais besoin pour oublier mon inquiétude.

— Ils vont payer tout de suite. Allons-y.

Sans me donner le temps de paniquer, j'entrai dans le labyrinthe, Poséidon à mes côtés.

Les haies s'élevaient de chaque côté de nous, assez denses pour que je ne puisse pas voir au travers, et assez hautes pour que nous ne puissions pas les escalader. L'air s'était rafraîchi, et l'odeur de pin avait quelque chose de légèrement pourri et sucré. Le silence nous engloutit pendant que nous marchions, si total qu'il était aussi troublant que les solides murs de verdure autour de nous.

Le chemin était droit, et il nous fallut quelques instants avant d'arriver à une bifurcation.

— Gauche ou droite ? chuchotai-je.

— Si on tourne toujours du même côté, on devrait arriver au milieu.

— D'accord. Allons à gauche.

Poséidon tourna, et nous continuâmes, nos poignards dégainés. Il y avait la sensation bien distinctive qu'on nous observait, et cela me donnait la chair de poule. Plus nous tournions, plus je devenais convaincue que quelque chose nous attendait de l'autre côté. Que quelqu'un nous attendait. Méduse.

Poséidon s'arrêta devant moi, et mon cœur rata un battement, tant j'étais sur les nerfs.

— Qu'est-ce qui ne va pas ?

— Il y a quelque chose devant nous.

Je plissai les yeux. Je distinguais quelque chose de gris sur notre chemin, droit devant nous.

— On fait demi-tour ? Ou on essaye de trouver un virage ?

Il n'y avait pas de trous dans la haie sur notre gauche, mais j'en voyais un plus loin, sur la droite. Mais cela gâcherait notre plan de toujours tourner à gauche.

— Voyons ce que c'est, murmura-t-il.

Je hochai la tête, mon tourbillon se dilatant légèrement à côté de moi en réaction à ma peur grandissante.

C'était une statue. Nous n'eûmes pas besoin d'aller beaucoup plus loin pour que la forme en pierre devienne plus nette. Elle était au milieu du chemin, à peu près aussi grande que Poséidon, et représentait un cyclope. Même de loin, je pouvais voir à quel point ses traits étaient détaillés, et je me demandai s'il avait été vivant autrefois ou s'il était sorti de l'imagination d'un sculpteur talentueux.

— Les haies, murmura Poséidon.

Je regardai à gauche et à droite, et je sursautai. Des visages de pierre remplissaient les interstices entre l'épais feuillage.

— C'est pour ça que j'avais l'impression d'être observée, sifflai-je. Merde. Ils font flipper.

— Je pense qu'on devrait contourner le cyclope.

— Je suis d'accord.

Jusqu'à présent, nous avions suivi notre plan de toujours tourner à gauche, et je n'avais pas l'intention de perdre nos progrès et me perdre.

Lentement, nous nous dirigeâmes vers l'imposante statue. Je savais qu'elle était en pierre, mais cela ne m'empêcha pas d'être nerveuse à mesure que nous approchions. Le visage du monstre était un masque de colère, ses poings de la taille de ma tête.

Un petit craquement parvint à mon oreille alors que Poséidon passait devant la statue, en essayant de ne pas toucher la haie.

— C'était quoi, ça ?

— Continue, c'est tout, dit-il d'une voix pleine de tension.

Je fis ce qu'il avait dit, glissant plus facilement de l'autre côté du cyclope. Un autre craquement déchira le silence inquiétant. Je regardai la statue. Il semblait solide et je ne le voyais pas bouger du tout.

Je regardai à nouveau devant moi, voyant un virage vers la gauche, à quelques mètres.

— Là, dis-je en pointant mon doigt.

Et nous pressâmes le pas.

Le chemin qui apparut devant nous après le virage était semé de statues, et j'hésitai. Un éclair doré attira mon attention vers le sol.

— Un serpent.

De minuscules serpents dorés glissaient sur le chemin entre les statues. J'en vis un s'enrouler autour de la plus proche – un petit satyre aux yeux diaboliques.

— Je n'aime pas ça.

— Si ça devient plus dangereux, alors on est sur la bonne voie, répondit sombrement Poséidon.

— C'est rassurant.

Nous avançâmes, tous mes sens en alerte. De minuscules sifflements trouaient le lourd silence, me rendant encore plus nerveuse.

Le satyre cligna des yeux.

Un cri choqué m'échappa, et ce fut comme si le bruit avait donné vie à tout ce qui nous entourait. Environ la moitié des statues se mirent à bouger, le satyre bondissant en avant. Pour une chose en pierre, il se déplaçait sans effort. Un rugissement derrière lui attira mon attention, et je vis un griffon de pierre frapper une autre statue qui semblait inanimée.

Mon tourbillon dansa devant nous, attrapant le bras lourd du satyre alors qu'il prenait son élan. Poséidon courut au-delà, lançant son poignard sur le griffon.

Dans l'eau, mon air avait éliminé mes ennemis en les soufflant au loin, et je poussai mon tourbillon à faire exactement la même chose. Mais ce n'étaient pas des bêtes de pierre ordinaires. La résistance que je sentis lorsque le tourbillon essaya de projeter le satyre était énorme.

— Tu as soulevé Charybde, tu peux le faire !

Mais je m'épuisai rapidement, et je compris que cette pierre était animée d'une puissante magie. La magie des Titans.

— Cours ! Notre meilleure chance, c'est de les dépasser ! cria Poséidon devant moi.

Prenant une profonde inspiration, je fis ce qu'il avait dit et sprintai devant le satyre.

Mon tourbillon me suivit aussitôt, et alors que je rattrapais Poséidon, qui combattait le griffon à l'air méchant, celui-ci rengaina son couteau et commença à courir avec moi. Nous esquivâmes et plongeâmes entre les lourdes statues qui cherchèrent à nous attraper au passage, sautant par-dessus des serpents dorés dont j'étais sûre qu'ils augmentaient en taille.

Nous faillîmes rater un virage à gauche, mais je dérapai jusqu'à l'arrêt.

— Ici !

Nous tournâmes au coin et vîmes un chemin heureusement vide devant nous.

— Est-ce qu'ils nous suivent ?

Nous nous retournâmes tous les deux, mon tourbillon rebondissant et prêt à l'attaque. Mais il n'y avait rien derrière nous, et le silence était retombé.

Je me penchai, agrippant mes genoux pour essayer de reprendre mon souffle. Je n'étais pas beaucoup plus en forme que lors de mon dernier sprint de ce genre, pour échapper au bibliothécaire musclé quand j'avais volé le livre. Je me redressai en secouant la tête. Tant de choses avaient changé depuis lors.

— Est-ce que tu vas bien ?

— Oui. Courir, ce n'est pas mon truc.

— Il faut qu'on continue.

Un serpent glissa sur le chemin devant nous, me faisant sursauter. Il faisait trois ou quatre fois la taille du premier que j'avais vu, épais, long et brillant d'écailles dorées alors qu'il se déplaçait entre les haies.

— D'accord.

Nous reprîmes notre chemin, et je tâchai d'ignorer les visages de pierre qui se montraient constamment dans les haies. La plupart étaient humanoïdes, et tous avaient des yeux détaillés qui nous suivaient chaque fois que nous tournions à gauche. Un flux constant de serpents traversait notre chemin, et à chacun qui passait, je savais que nous nous rapprochions d'une attaque. Cela n'avait aucun sens qu'ils nous ignorent.

Après ce qui me sembla une autre heure, mais qui était probablement moins, j'entendis un bruit glissant, fort et grave. Poséidon ralentit en même temps que moi. Le froissement des brindilles et du feuillage s'intensifia.

— Tu penses à ce que je pense ? murmurai-je, avec le pouls qui s'accélérait.

— Notre ami doré d'hier, grogna Poséidon.

Je me crispai, mon tourbillon se dilatant à nouveau.

— Je lui en dois une. Il m'a cassé la jambe.

Ma bravade n'était que partiellement réelle. Le serpent géant me terrifiait. Pas autant que l'idée d'errer dans ce labyrinthe maudit pour le restant de mes jours, mais assez pour que mes genoux me semblent tout drôles.

Effectivement, quelques secondes plus tard, une énorme tête de serpent dorée apparut au coin, devant nous. Son énorme langue fourchue darda, rôdant et goûtant l'air alors que nous nous figions. Son corps puissant, qui prenait toute la place sur le sentier et racla contre les haies sur son passage, glissa derrière la tête.

— Quel est notre plan ? sifflai-je, essayant de ne pas avoir l'air hystérique, en vain.

— Les serpents ont un point faible à l'arrière du crâne. Tu le distrais, je le poignarde.

Avant que je puisse dire un mot en réponse, Poséidon rugit et courut vers le serpent.

— Allez !

Je jetai mon bras en avant, et mon tourbillon se précipita après lui.

Le serpent eut peu de temps pour réagir avant que Poséidon n'arrive à sa hauteur. Il se jeta au ras du sol, glissant sous sa tête dressée, puis s'agrippa à son cou. Ses bras purent à peine se refermer autour, tant la bête était grande, mais il se balança sur le dos de la chose.

Le serpent se débattit et siffla, sa queue remontant derrière lui pour s'abattre telle une massue vers Poséidon. Mon tourbillon arriva le premier, cependant, percutant la queue qui arrivait en sens inverse, celle qui m'avait battue si facilement la veille. Comme pour me venger, le tourbillon martela avec colère la queue du serpent, l'empêchant de toucher Poséidon.

La créature secouait la tête si fort que le dieu pouvait à peine s'y retenir. Ses mâchoires étaient grandes ouvertes, ses crocs découverts. Il aurait probablement pu m'avaler tout entière. Poséidon n'allait pas pouvoir le vaincre tout seul.

Rassemblant mon courage, je courus en avant. Jetant mes bras en l'air, je criai au serpent.

— Tu m'as cassé la cheville, espèce de grosse mocheté !

Le serpent s'arrêta pendant la plus brève seconde. Une seconde, c'était tout ce dont Poséidon avait besoin. Il leva sa lame à deux mains et l'abattit habilement vers le bas, juste derrière la tête du monstre. Les yeux de la chose brillèrent de surprise, puis virèrent au rouge avant qu'il ne s'effondre par terre.

Le regard de Poséidon se fixa sur le mien, et il libéra sa dague, sautant du dos du serpent.

Un gémissement sifflant résonna dans l'air, furieux et glaçant.

— Je pense qu'on vient de tuer le chien de garde de Méduse, déclara Poséidon.

Je déglutis en regardant le serpent mort.

— C'était impressionnant, murmurai-je.

— Elle aura une raison de plus de me détester. On n'est pas loin.

— Du milieu du labyrinthe ?

— De la fontaine de Zoi. Je peux la sentir. Tu devrais pouvoir aussi.

Je me concentrai sur l'air, essayant de sentir la magie. Un vrombissement venait de notre gauche. Une sorte de martèlement vif et dangereux.

Ensemble, nous laissâmes le serpent doré par terre, et nous nous dirigeâmes vers la fontaine.

ALMI

Ce n'était même pas une fontaine sophistiquée. Je ne vis qu'un simple piédestal de pierre au milieu du labyrinthe, de la même couleur grise que le fléau qui envahissait le corps de Poséidon. Il y avait un bol au-dessus, lisse et d'une teinte plus pâle, et de l'eau y bouillonnait doucement, s'élevant seulement de quelques centimètres avant de redescendre.

Malgré son apparente simplicité, personne n'aurait cru que la fontaine était inoffensive. Elle suintait de puissance, et l'air autour de nous était chargé d'énergie vibrante. Cela ne fit qu'empirer mon état de tension alors que je regardais prudemment autour de moi.

L'espace semblait dépourvu de toute vie, à l'exception du vert menaçant des haies qui nous entouraient.

Du rouge reluisit au-dessus de la fontaine, et je me concentrai dessus. Une coquille rouge, voletant à quelques mètres au-dessus de l'eau bouillonnante.

— Regarde !

Je voulus m'approcher, mais Poséidon me saisit le bras.

— C'est trop facile. Quelque chose ne va pas.

Sa voix était un sifflement, et une nouvelle inquiétude me saisit.

Un serpent doré glissa dans la clairière de l'autre côté. Il fila vers la fontaine, puis commença à s'enrouler autour de la base. Une seconde plus tard, un autre serpent suivit, puis un autre.

Un rire bas commença à tonner, presque trop faible pour qu'on l'entende au début, puis de plus en plus fort.

— Je ne peux pas te dire à quel point j'aurais aimé que tu arrives ici en premier, Poséidon, résonna la voix d'Atlas autour de nous. Ma femme vous attendait, mais elle a trouvé le pauvre vieux Polybotès à la place.

L'air derrière la fontaine scintilla, et une statue de trois mètres de haut apparut.

Polybotès.

Son visage était un masque de colère, ses mains à moitié levées pour se couvrir les yeux.

Mon estomac se noua de peur, l'anticipation me rendant malade.

— Tu n'es pas censé influencer l'Épreuve ! Tu as donné ta parole à Athéna, cria Poséidon, le visage empreint d'une colère dure tandis qu'il regardait le géant de pierre.

— Tu n'étais pas censé faire grand-chose, roi des mers, gronda Atlas.

Avec un éclair de lumière rouge, il apparut dans la clairière, devant la fontaine.

— J'ai détruit le palais qui abritait cette fontaine après que ma femme m'a dit ce que tu as essayé de lui faire faire ici.

Chacun de ses mots dégoulinait d'un venin haineux, et des flammes léchaient son armure.

— Et maintenant, c'est ici, dans sa nouvelle maison, que tu verras ta propre femme subir le même sort.

— Ta femme t'a menti.

Je prononçai ces mots à haute voix, et les deux hommes se tournèrent vers moi.

— C'est ce qu'il t'a dit ? cracha Atlas.

— Oui. Et je le crois.

— Bien sûr que oui. Ça ne signifie pas que c'est vrai.

— Tu lui as demandé ?

— Je n'insulterai pas l'honneur de ma femme en faisant une telle chose ! rugit-il.

Et sa rage furieuse me fit comprendre instantanément pourquoi Poséidon n'avait pas pris la peine d'essayer de lui expliquer la vérité. Il était évident qu'Atlas ne voulait rien entendre ; il n'y aurait aucun moyen de le convaincre que sa femme avait des torts ou lui avait menti.

La petite voix urgente de Kryvo parvint à mes oreilles.

— Almi, elle arrive. Je peux sentir sa magie, il faut que tu te protèges les yeux, maintenant.

Je sortis le bandeau que Poséidon m'avait découpé dans sa toge, et je le nouai rapidement autour de ma tête, sur les yeux.

Les ténèbres m'engloutirent, et je me sentis désespérément impuissante alors qu'Atlas se mit à rire.

— Cela ne te sauvera pas, idiote de petite reine.

La panique qui rampait en moi me submergea soudain par vagues quand j'entendis des bruits glissants autour de moi, suivis du bourdonnement de mon tourbillon.

— Poséidon ?

J'essayai de garder la voix calme et sans inquiétude, mais je sus que j'avais échoué.

— Je suis là, répondit-il tout aussi calmement.

— Cela ne marchera pas. Je ne vois rien. Je ne peux pas me battre ou contrôler mon air si je ne vois rien.

Le rire d'Atlas devenait de plus en plus fort, tout comme le bruit glissant.

Ma petite étoile de mer parla, sa voix à peine audible par-dessus les bruits.

— J'ai trouvé une étoile de mer ! Je peux te montrer ce qui se passe à travers ses yeux !

— Quoi ? Comment as-tu trouvé…, commençai-je à dire.

Mais les mots me manquèrent quand une vision traversa l'obscurité.

Je regardais la scène depuis le milieu de la cour, et je réalisai vaguement que l'étoile de mer que Kryvo avait trouvée et utilisait pour me montrer la vue était sculptée sur la fontaine elle-même. Je pouvais me voir debout à côté de Poséidon, mon tourbillon haut et rapide à côté de moi, et la lame du dieu de la mer tirée de son fourreau. Je voyais à peine Atlas qui se tenait à côté de la fontaine, et seul son flanc apparaissait dans mon champ de vision fixe.

Rien de tout cela ne semblait important cependant, comparé à ce qui se mouvait dans la clairière avec nous.

Il y avait maintenant tellement de serpents dorés qui glissaient par terre et autour du pied de la fontaine que presque tout le sol en était recouvert, et ils se séparaient comme de l'eau pour les pieds verts nus qui glissaient à travers eux.

Méduse.

Elle était exactement comme la peinture de Poséidon l'avait représentée. Belle et terrifiante. Une toge blanc ivoire recouvrait la majeure partie de sa peau verte écaillée, et les serpents qui composaient ses cheveux étaient aussi brillants que l'armure dorée d'Atlas. Ses yeux perçants étaient fixés sur moi, et je frissonnai. Je sus avec certitude que, sans le bandeau, j'aurais déjà été changée en pierre.

— Poséidon. Cela fait longtemps qu'on ne s'était pas vus.

Sa voix était un sifflement qui me fit frissonner la peau,

et je pris une inspiration, mon cœur battant plus vite sous l'effet de la peur.

— C'est ta dernière chance de dire la vérité à ton mari, déclara Poséidon.

Elle rit doucement, et cela ressembla encore plus à un sifflement.

— Ma dernière chance ? Nous nous sommes déjà affrontés, et tu ne m'avais jamais proposé de tels ultimatums.

Elle s'arrêta, inclinant la tête. Tous les serpents dorés se dressèrent ensemble.

— Ah, mais tu es déjà presque mort, pauvre immortel.

Elle renversa la tête et rit à nouveau, bruyamment cette fois. Ce bruit me rendit malade.

— Mon cher mari, je t'ai dit que je l'avais infecté la dernière fois.

— Tu avais raison, ma chérie. Et maintenant, nos petits amis ont infecté tout son royaume, et bientôt tout l'Olympe.

— Non. Cela se termine aujourd'hui.

— Faux, déclara Atlas. La seule chose qui peut guérir le fléau de la pierre est le cœur de l'océan. Et je le possèderai bientôt.

— Comment ?

Ce seul mot s'échappa de mes lèvres.

Le sifflement de Méduse me répondit.

— Pourquoi portes-tu cet horrible bandeau, petite reine ? Montre-moi ta beauté et enlève-le, dit-elle avec une douceur maladive.

Mon tourbillon accéléra l'allure, fouettant devant moi avant de revenir en arrière, comme l'aurait fait un chien de garde pour éloigner un danger. Comme je me regardais depuis la fontaine, j'étais désorientée, et cela me fit perdre l'équilibre quand je dégainai le poignard de Galatée.

— Le cœur d'une Néréide, déclara Atlas en s'approchant de moi et de Poséidon, son dos dans ma ligne de mire.

Je vis ses épaules se hausser.

— Poséidon et moi avons interprété la prophétie de l'Oracle différemment. Pour lui, la possession signifiait le mariage. Mais j'ai pris la liberté de vérifier à Delphes, et je confirme que cela fonctionnera tout aussi bien de lui arracher le cœur de la poitrine, de l'enfermer dans une boîte et de le déclarer comme mien.

Le visage de Poséidon devint si sombre de colère que s'il avait eu tout son pouvoir, j'aurais moi-même pris la fuite devant lui.

— Tu ne la toucheras pas.

— J'ai le choix entre deux, déclara Atlas en claquant des doigts.

Lily apparut au milieu de la clairière.

Mon cœur rata un battement tandis que tout autour de moi s'immobilisait, le choc prenant le dessus sur mes sens.

Elle dormait, et il n'y avait presque plus de peau sur son visage et ses bras qui n'était pas recouverte de pierre. Les serpents dorés glissèrent sur son corps, et je réagis vivement.

— Lâchez-la !

Je m'élançai, donnant des coups de pied aux serpents. Méduse ouvrit la bouche, un sifflement hideux en sortit, et la main de Poséidon jaillit, me tirant par l'épaule.

— Tu ne peux pas lui faire de mal ! cria-t-il.

— Oui, oui, oui, je me souviens de notre accord, dit Atlas en agitant la main avec dédain. Cette sœur endormie n'est que ma Néréide de secours, au cas où ma femme tuerait accidentellement la tienne. Je tiens beaucoup à arracher et conserver le cœur de notre petite Almi ici présente. J'espère que la fontaine la transformera en une créature qui n'aura pas besoin de son cœur pour survivre.

Je ne pouvais pas voir le visage d'Atlas, mais sa voix était plus folle que je l'avais jamais entendue.

J'essayai de comprendre ce qu'il disait, j'essayai de penser à tout ce que je pouvais faire.

— De quel accord parle-t-il ? dis-je en tournant ma tête aveugle vers Poséidon. Pourquoi Lily est-elle ici ? Tu avais dit qu'elle était en sécurité au palais !

— Assez !

Atlas frappa à nouveau dans ses mains, avant que Poséidon ne puisse dire quoi que ce soit.

— Dis au revoir à ton mari, Almi. Je n'ai jamais eu l'occasion de faire mes adieux à ma femme, avant que Poséidon ne la transforme en ce que tu vois maintenant.

— Je me suis réconciliée avec ce corps, cher mari, siffla Méduse. Cependant, je n'ai pas accepté d'avoir été envoyée vivre pendant des siècles, seule au fond de ce maudit océan.

Pendant un instant, je vis le regret sur le visage de Poséidon. Puis Méduse passa à l'attaque.

ALMI

Mon tourbillon surgit pour me défendre, et la gratitude m'envahit au fait de pouvoir le voir, à travers la statue d'étoile de mer, se jeter sur la femme-serpent hurlante.

L'envie de nous défendre, non seulement moi-même, mais aussi ma sœur inconsciente et l'impuissant Poséidon, grondait dans mon esprit, et le tourbillon s'écrasa sur Méduse avant qu'elle ne puisse s'approcher de moi, avec ses mains griffues levées.

Atlas rugit et me lança du feu. Avant que je ne puisse réagir, un mur d'eau jaillit de Poséidon, nous protégeant tous les deux des flammes et les étouffant instantanément. Méduse s'élança à nouveau, essayant de se frayer un chemin à travers mon tourbillon, qui la poussait çà et là.

Atlas lança encore du feu sur nous, et j'eus peur pour Poséidon. Il ne pourrait pas continuer à utiliser son pouvoir sans se transformer en pierre. Mais je ne pouvais pas combattre Atlas *et* Méduse avec mon air, j'avais besoin de son aide. Je ne savais pas comment diviser le tourbillon, et je n'avais ni la force ni le pouvoir de contrôler deux forces distinctes. La frustration et la peur s'accumulaient dans mon ventre, nourries par l'adrénaline.

— Tu ne peux pas me tuer, et tu le sais ! cria Poséidon.

La réponse d'Atlas tonna, pleine de folie.

— Je ne veux pas te tuer, roi des mers. Je veux te mutiler. Je veux te faire du mal. Je veux t'immobiliser, pour que tu puisses seulement saigner et pleurer, tandis que la femme que tu aimes se transforme en monstre.

Une explosion de haine déferla en moi, l'idée que Poséidon soit blessé m'étant intolérable. Ma sœur par terre, inconsciente devant moi, son corps utilisé comme appât dans cette foutue vengeance contre un homme dont j'avais réalisé qu'il n'aurait jamais fait de mal à un innocent, soudain, c'était trop.

Mes émotions bouillonnantes durcirent en moi, formant une boule géante de rage pure. Le tourbillon se sépara en deux.

Je regardai fixement, choquée pendant une seconde, puis la pression s'écrasa sur ma tête quand la puissance des deux colonnes de vent séparées tourbillonna en moi. J'ordonnai à l'une d'éloigner Méduse de Poséidon, et alors que j'essayais de contraindre l'autre à s'élancer vers Atlas, je vis la forme sombre de Kalypso courir dans la clairière. Je vis ses yeux parcourir la scène, et son frisson quand elle aperçut Méduse. Quand son regard tomba sur la fontaine, ses yeux sombres brillèrent.

— Oui, ma fille ! rugit Atlas. Prends la coquille rouge ! Toi et Céto êtes à égalité, si tu la prends maintenant, tu gagnes !

Sa fille ? Eh bien, ça expliquait beaucoup de choses.

Levant le bras devant ses yeux, Kalypso courut vers la fontaine.

Je poussai l'un des tourbillons vers elle, essayant de l'empêcher de l'atteindre. Mais son bras tendu était trop proche. Mon esprit rugit à l'idée de ce qu'elle était sur le point de faire et tout ce que cela impliquait.

Elle allait gagner. Elle allait gagner le trident, le Verseau et aurait tout pouvoir sur la vie de Poséidon. Et elle allait laisser Atlas le déchirer. Les serpents envahiraient le Verseau, transformant tout le monde en pierre, parachevant la vengeance du Titan. Et ensuite ? Le ricanement fou d'Atlas résonna dans la clairière alors qu'elle s'approchait.

Et ensuite, il défierait tout l'Olympe. J'en étais certaine.

Je savais ce que j'avais à faire. Une tristesse écrasante me pesa sur les épaules, si forte que je vis flou.

Mais la décision était prise.

On l'avait prise à ma place.

Il était tout simplement impossible d'échanger la vie de centaines de personnes contre une seule.

Un sanglot m'arracha la gorge, et une sensation aiguë me déchira la poitrine. Pendant une fraction de seconde, je crus qu'on m'avait lancé une sorte de fléchette, puis je sentis que la rage ne coulait plus à travers moi, mais *de* moi.

Mes tourbillons frissonnèrent une seconde, puis se dilatèrent, pulsant d'une lumière argentée et brillante. Dans ma poitrine, la sensation douloureuse devint carrément explosive.

La tête me tourna à mesure que le pouvoir déferlait de mon corps, projeté dans la masse d'air devant moi. Des serpents dorés jaillirent depuis les endroits où ils essayaient de s'échapper, expulsés dans les airs.

J'avais mal à la tête sous le déferlement du pouvoir, et quelque part au fond de moi, je sentis la peur m'envahir.

Du pouvoir.

Tellement de pouvoir.

Je lançai les deux tourbillons sur Kalypso, juste au moment où sa main arrivait à quelques centimètres de la coquille rouge.

Elle hurla, volant à trente pieds dans les airs. Atlas resta bouche bée et, avec une satisfaction écœurante, je lançai la déesse aussi loin que possible de la fontaine.

Je tendis la main, désespérée d'arracher le bandeau de mes yeux. J'avais besoin de voir mon tatouage.

J'avais besoin de savoir avec certitude si je venais vraiment d'accepter mon pouvoir.

Si j'avais tué ma sœur.

— Almi, non !

La voix de Poséidon n'était pas seulement insistante ; elle détenait un pouvoir réel, et ma main s'arrêta en plein mouvement.

Avec une petite pensée, je repoussai sa magie, terminant mon geste.

— Almi, elle va te tuer ! Elle va te tuer instantanément !

La voix de Kryvo était stridente, mais mes doigts tirèrent malgré tout sur le bandeau.

J'avais la tête inclinée vers le bas, et la vision de la fontaine s'estompa, mes propres yeux piquants et flous à la lumière lorsque ma poitrine apparut.

Mon tatouage.

Il était beau. Aussi brillant et éclatant que celui de Lily l'avait jamais été.

J'aurais donné n'importe quoi en cet instant pour effacer chaque éclat de couleur de ma peau.

— Je suis désolée !

Mes mots étaient un sanglot, et je fermai les yeux et tombai à genoux.

Quand je fus certaine de regarder le sol, je les rouvris, rampant à travers la masse de serpents vers ma sœur. Ils sifflèrent et me mordirent, me griffant la peau de centaines de lacérations sur mon passage. Je m'en fichais.

— Repousse-la ! hurlai-je à l'air.

La colère et le ressentiment se mêlaient à ma voix, mais aussi mon pouvoir débridé. J'étais une putain de bombe à retardement, tellement chargée de puissance que la tête me tournait et que tout devenait flou. Si Méduse ne m'avait pas tirée sur mes jambes, alors cela signifiait que l'air faisait ce que je lui avais ordonné.

Je rejoignis Lily, posant sa tête sur mes genoux. Les larmes coulaient sur mon visage si épaisses et rapides que je ne voyais plus net. Pendant une seconde, je crus que ses yeux bougeaient.

Je hurlai encore – un bruit bestial et étranglé de pur chagrin.

Les yeux de Lily s'ouvrirent.

— Lily ?

Je pleurais si fort qu'on m'entendit à peine.

— Almi, croassa ma sœur.

— Lily !

Je la tirai vers moi, essayant d'enlacer son corps presque entièrement changé en pierre, mon cœur tambourinant fort contre mes côtes.

— Lily, tu es réveillée ! Tu es en vie !

Je me déplaçai de manière que sa tête repose à nouveau sur mes genoux et que je puisse regarder son visage. Elle m'adressa un sourire rayonnant.

— Je suis si fière de toi.

— Que se passe-t-il ?

— Deux ou trois petites choses, je pense, sourit-elle. D'abord, je suis réveillée parce que ton chagrin a causé assez de douleur à Poséidon pour qu'il pleure une larme pour toi. Les dieux ne pleurent pas, Almi.

Je sursautai, les mots de la prophétie résonnant dans

mes oreilles. Elle devait dormir jusqu'à ce que les dieux pleurent. Pendant tout ce temps, ça l'aurait réveillée de faire pleurer Poséidon?

— Et mon pouvoir ?

Son sourire s'adoucit.

— Ne te reproche rien, Almi. Il fallait que ça se termine comme ça. Tu as pris la bonne décision. Je suis tellement contente d'avoir pu dire au revoir.

— Non, non, tu es réveillée maintenant ! Ça va aller !

— Écoute-moi, Almi. Il n'y a pas beaucoup de temps. Poséidon a conclu un marché après t'avoir fait partir de la boulangerie. Ma vie contre la sienne.

— Quoi ?

— La seule façon qu'il a trouvé pour empêcher Atlas de m'arracher le cœur, c'était d'offrir sa propre vie en échange. Poséidon a convenu que, si je survivais jusqu'à la fin des Épreuves, Atlas disposerait de sa vie comme il l'entendait. Mais si je mourais, alors Atlas devait rendre son trident à Poséidon.

— Mais…

— Je sais que ce n'était pas prévu, mais en embrassant ton pouvoir, tu as brisé cet accord.

Ma bouche s'ouvrit et se referma alors que j'essayais de donner un sens à ce qu'elle disait. Une seule chose se répétait.

— Tu es en train de mourir.

— Oui. Je suis mourante depuis une décennie, Almi. C'est l'heure. Et comme je l'ai déjà dit : quelle chance j'ai eu d'avoir aidé ma petite sœur à sauver le monde !

Son sourire était triste et doux, et un chagrin nouveau m'envahit.

— S'il te plaît. S'il te plaît, reste avec moi.

— Je suis restée aussi longtemps que possible. Tu as quelqu'un d'autre à aimer, maintenant.

— Non.

Je secouai la tête, les yeux embués de larmes.

— Je t'aime, Almi.

— Je t'aime, sanglotai-je en retour.

Je sus quand c'était arrivé, juste une seconde plus tard. Je sentis la vie quitter son corps. Et avec elle disparut toute pensée rationnelle.

La bombe à retardement explosa.

ALMI

Quand je levai les yeux, ce ne fut pas avec l'idée d'éviter le regard de Méduse. Ce fut avec la pensée de l'anéantir complètement.

Un sentiment d'invincibilité totale m'envahit, et d'une manière ou d'une autre, au fond de moi, je savais que j'avais changé. Poséidon avait dit qu'il était immunisé contre son regard parce que c'était un dieu. Eh bien, le pouvoir qui rugissait dans mes veines devait maintenant égaler celui d'un putain de dieu, et j'allais l'utiliser.

Je ne prononçai pas un seul mot d'ordre alors que je me levais, mais l'air souffla vers moi instantanément. Il tourbillonna autour de moi, créant une barrière comme quand j'étais sous l'eau. Sans aucune peur, je regardai la scène devant moi.

Pendant que j'étais avec Lily, Céto était arrivée dans la clairière. Et à mon grand soulagement, elle se battait à nos côtés. Des serpents se déversaient des griffes déployées de Méduse et recouvraient le corps du monstre marin. Un

"

liquide rouge d'encre jaillissait de toutes les taches des tentacules de Céto alors qu'elle renvoyait les reptiles à Méduse.

Poséidon affrontait Atlas, mon tourbillon argenté combattant le dieu du feu chaque fois qu'une flamme essayait seulement de s'allumer au bout de ses doigts.

Quand je fis mine de me diriger vers eux, une lumière dorée jaillit des mains de Poséidon, et je l'entendis crier de surprise. Lui et Atlas se figèrent, la lumière trop brillante pour qu'on la regarde en face. Quand elle s'éteignit, brillant dans les mains ouvertes de Poséidon, se trouvait son trident d'or.

Atlas se tourna vers moi, puis vers Lily, son visage grimaçant de colère. Poséidon me regarda aussi, et son expression fit rater un battement à mon cœur brisé. Il ne triomphait pas à l'idée de retrouver son précieux trident. Il ne ressentait que du chagrin. Les mots de Lily résonnèrent dans mon esprit.

J'avais été tellement accablée de chagrin, tellement étonnée d'entendre sa vraie voix, que je n'avais pas réalisé ce qu'il avait fait.

Mais maintenant, pendant que je le fixais, que je voyais ma propre douleur résonner dans ses yeux féroces, cela me frappa.

Il avait échangé sa vie contre la sienne.

Il était prêt à mourir pour sauver ma sœur. Pour moi.

Une douleur lancinante me transperça le ventre, et je haletai en la sentant monter jusqu'à ma poitrine, saisie par une agonie écrasante qui me força à retomber à genoux.

Le rictus d'Atlas se changea en sourire ravi lorsque Poséidon cria mon nom. Il se mit à courir vers moi, mais il y eut un hurlement de Céto, et les jambes de Poséidon étaient soudain changées en pierre. Il frappa ses membres avec le trident d'or, rugissant dans une fureur impuissante, mais ça n'allait pas. J'essayai d'aspirer de l'air, la poitrine de plus en plus comprimée, puis je tombai sur les mains et commençai à ramper vers Poséidon.

Atlas gloussa bruyamment, et le sol s'embrasa, les flammes se précipitant vers moi. Mon tourbillon souffla devant moi, pour les éteindre aussitôt. De nouvelles flammes surgirent pour les remplacer.

Je continuai à ramper, avec une seule pensée à l'esprit, mes yeux verrouillés sur Poséidon.

Je savais ce qui m'arrivait.

C'était le jour où toutes les prophéties se réaliseraient, semblait-il.

Poséidon m'aimait.

Et je l'aimais.

— Almi, s'il te plaît, non.

La voix de Poséidon me parvint aux oreilles alors que je m'approchais, en suffoquant. Mon tourbillon repoussait Atlas et son feu, et une barrière d'air tournoyait autour de moi, si vite que j'y voyais clair.

La pierre se répandait maintenant sur la taille de Poséidon.

— Je ne te laisserai pas mourir.

C'était difficile de faire sortir les mots, avec cette bande invisible qui me serrait la poitrine et ne laissait pas assez d'air entrer dans mon corps.

— Almi, cours. Appelle Bleu et cours.

Je puisai dans l'immense pouvoir qui déferlait toujours en moi et je me traînai sur mes pieds.

— C'est trop tard.

J'essayai de sourire, mais la peur sur son visage était insupportable.

— Tu as offert ta propre vie contre la sienne.

— Je ferais n'importe quoi pour toi.

— Et moi pour toi. Je t'aime.

Quelque chose se brisa dans ses yeux, et tout son contrôle le déserta complètement.

— Cela ne peut pas arriver !

Sa voix était un rugissement angoissé.

— Prends-moi ! Prends-moi et laisse vivre les néréides !

Je ne savais pas à qui il criait cette supplique, mais je ne pouvais pas supporter le chagrin dans sa voix. Je fis le dernier pas vers lui, me pressant contre le peu de chair qu'il lui restait, posant mes mains sur ses joues.

— Ce n'était pas censé se passer comme ça. Toi et ta sœur deviez avoir la vie dont je vous ai privé.

Le regret, la peur et une profonde tristesse s'entremêlaient dans sa voix alors que ses yeux sauvages plongeaient dans les miens.

— Ce n'était pas censé se passer comme ça.

Je hoquetai dans un souffle, avant de presser mes lèvres sur les siennes.

— Ce n'est pas ta faute, soufflai-je en reculant. Tu as fait tout ce que tu pouvais. La prophétie était claire. Je vais mourir.

Je savais que la douleur dans ma poitrine était celle de ma mort imminente. Mais voir l'homme dont je venais à peine d'accepter l'amour se changer en une putain de statue, ça m'avait rempli d'une rage sinistrement calme et résolue.

— Si je meurs, je les emmène avec moi.

S'il y avait la moindre chance de tuer Méduse et Atlas, et de sauver Poséidon de la pierre, alors j'allais faire tout mon possible pour que cela se produise.

Il secoua la tête, mais je l'embrassai à nouveau.

— Je t'aime, haletai-je contre ses lèvres.

Ces mots me firent l'effet d'un baume, et j'y puisais de la force.

Quand il les répéta, une force réelle me traversa, ma colonne vertébrale se redressa, et ma poitrine se relâcha légèrement.

— Je t'aime Almi. Je t'ai toujours aimée.

Je reculai et vis que la pierre avait presque atteint ses épaules.

C'était maintenant ou jamais.

ALMI

*J*uste au moment où je me tournais vers Atlas, la voix de Kryvo me parvint aux oreilles.

— Almi ! Almi, l'étoile de mer sur la fontaine !

Atlas fixa ses yeux pleins de haine dans les miens. Derrière lui, Céto et Méduse se faisaient toujours la guerre.

— Il est trop tard, Kryvo. Je suis vraiment désolée.

— Non ! Il faut que tu m'emmènes à la fontaine ! Il le faut.

Il serait plus en sécurité sur la fontaine, réalisai-je alors qu'Atlas marchait vers moi. Je n'avais pas de plan. Je savais juste que j'allais finir ma vie sur le clou du spectacle, et que j'allais emmener ces putains de connards avec moi. Et je ne voulais pas faire ça avec mon ami encore attaché à moi.

Rassemblant mes forces, je parcourus les quelques pas vers la fontaine. Je tirai Kryvo de mon épaule tout en y allant, prêt à le placer sur la pierre avant qu'Atlas ne puisse attaquer, mais j'hésitai quand je vis ce qu'il y avait sous mes yeux.

Des *centaines* d'étoiles de mer gravées dans la pierre de la fontaine.

Je tendis la main pour en toucher une, ma magie tourbillonnant autour de moi et mon bouclier se dilatant. Alors que l'air soufflait sur la fontaine, les étoiles de mer s'éveillèrent, tout comme Kryvo avant elles. Une par une, elles se détachèrent de la pierre et sautèrent dans la flasque remplie d'eau. Le fracas des combats s'estompa alors que je regardais, mon cœur martelant.

Kryvo tremblait dans ma main.

— Tu m'as donné vie, couina-t-il. Je peux sentir ta magie maintenant, tu m'as donné vie !

Il avait raison. Je me souvins que l'air avait soufflé par la fenêtre ouverte de la chambre avant qu'il ne prenne vie sur mon miroir.

Une épiphanie étrange et fracassante m'envahit, et une certitude qui venait du plus profond de ma magie me montra la vérité.

— Kryvo, c'est toi, murmurai-je.

Je voyais flou et pouvais sentir la magie monter en moi de plus en plus. Ma poitrine brûlait sous la pression.

Quelque part, je savais ce que j'avais à faire. La magie m'y obligeait, et je portai la petite étoile de mer à mon visage pendant que de la chaleur me brûlait le dos. Mon air me secouait, ma magie faisant la guerre au Titan derrière moi.

— Kryvo, tu vas tous les sauver, brave petite étoile de mer. Tu es le cœur de l'océan.

Doucement, je le déposai dans la fontaine, avec toutes les autres étoiles de mer. L'eau pulsa, et j'entendis sa voix dans ma tête.

— Almi !

— Tu vas sauver Poséidon et tout le peuple du Verseau !

lui répétai-je, en regardant l'eau s'illuminer de plus en plus fort.

Je savais qu'il serait en sécurité. Plus qu'en sécurité. Il deviendrait quelque chose de nouveau, quelque chose d'incroyable.

— Tu es un héros, petit Kryvo, murmurai-je.

Les larmes que je pensais avoir épuisées me montèrent à nouveau aux yeux, et comme l'eau devenait brillante à m'en faire mal, je me retournai vers Atlas.

Je pris une inspiration aussi profonde que possible. Je refusai de regarder Poséidon. Je ne pouvais pas supporter de voir si la pierre l'avait emporté. Je ne pouvais pas supporter de lui dire au revoir.

Les yeux furieux du Titan plongèrent dans les miens, pleins de folie.

— Méduse ! criai-je aussi fort que mon corps essoufflé me le permettait.

Atlas hésita en entendant ce nom mais, derrière moi, je vis les deux déesses s'interrompre.

La voix de Céto résonna dans mon esprit. *Tu veux que j'arrête de la combattre ?*

Oui.

En une seconde, la femme était devant moi, debout à côté de son mari. Je la regardai droit dans les yeux. Le bouclier aérien entre nous filtrait son regard mortel.

— Tu l'as sous-estimée, mon mari, siffla-t-elle à Atlas.

Il grogna, et des flammes rugirent autour de lui. Mais je sentis la chaleur de la magie s'élever de la fontaine derrière moi, puis celle-ci commença à couler autour de moi, faisant monter une tension épaisse.

— Qu'est-ce qui se passe ? Pourquoi la fontaine…

La voix paniquée de Méduse fut interrompue par un grondement si profond qu'il fit trembler le sol. De l'énergie jaillissait de la fontaine, et je tendis les bras, la laissant me submerger.

De l'énergie de guérison.

Cela ne me servirait à rien. Le cœur de l'océan n'avait jamais été destiné à me sauver la vie. Mais je tournai la tête, les yeux embués de larmes, et vis la pierre fondre sur le corps de Poséidon, et couler sur sa forme telle un liquide.

Un cri ramena mon attention devant moi. La pierre désertait également le corps de Lily, formant une mare sous elle, là où elle était allongée, avant de se répandre sur le sol. *En direction de Méduse.* La pierre qui avait coulé de Poséidon faisait de même, et en arrivant à ses pieds, elle commença à remonter sur son corps.

— Que se passe-t-il ? hurla Méduse en essayant de bouger.

Atlas gratta la pierre qui recouvrait le corps de sa femme, de la fureur et de la peur sur son visage.

— Tu es châtiée.

La voix de Poséidon retentit, puis il fut à mes côtés pour me serrer contre son corps. Un soulagement écrasant déferla en moi, et je m'affaissai contre lui. Je n'avais pas réussi à sauver Lily. Mais j'avais sauvé Poséidon. Mon bouclier d'air se dilata pour l'englober également, et son trident s'illumina d'un éclat doré. De l'eau coulait de sa pointe dans mon air magique, le faisant briller plus fort.

— Arrêtez ça ! cria Méduse.

Atlas se tourna vers nous, avançant de quelques pas puis hésitant, comme s'il ne voulait pas quitter sa femme.

— Faites que ça s'arrête, tout de suite ! répéta-t-il en lançant du feu avec ses mains, dans notre direction.

Les flammes frappèrent la muraille magique d'eau et de vent entre nous et s'éteignirent instantanément.

— La fontaine ne prend pas à la légère les mauvaises intentions, déclara Poséidon. Et ta femme a des siècles de mauvaises intentions. Dis-lui la vérité, Méduse. Purifie ta conscience, et les Enfers pourraient t'être clémente.

— Je te déteste ! cria-t-elle.

Une nouvelle énergie montait autour de nous, et en contemplant le visage terrifié et furibond d'Atlas, je me rendis compte que cela venait de lui. Tous les avertissements que j'avais entendus à propos de la force de l'ancien Titan déferlèrent en moi, et une peur nouvelle m'envahit.

— Poséidon, tu dois sortir d'ici. Prends la carapace rouge et vas-y, dis-je en me tournant vers lui.

Il m'agrippa le menton, écrasant un baiser sur ma bouche avant de répondre.

— Non. Je ne te quitterai pas.

— Je suis en train de mourir, de toute façon. S'il te plaît, vis pour nous deux. Et vis comme tu le souhaites, libre et joyeux.

Il me fixa, mais la peur et la tristesse avaient disparu.

— Je vais tout arranger.

— Pars.

Les cris frénétiques de Méduse devenaient plus forts, si forts que je n'entendis plus que Céto dans ma tête.

Mon roi, ma reine, le pouvoir d'Atlas devient instable. Il faut partir.

Les cris de Méduse s'interrompirent brusquement, et Atlas rugit. Je compris avant de me retourner qu'elle serait une statue.

— Tu vas payer, dieu de l'océan !

Du pouvoir martelait notre bouclier, venant de tous les angles. Je titubai, incapable de supporter l'attaque, et la pression monta dans ma poitrine.

— Pars, Poséidon ! cria Céto.

J'étais vaguement consciente de sa présence à la fontaine, sa main près de la coquille rouge. Kryvo flottait au-dessus de la vasque, mais maintenant, il était recouvert de cristaux brillants et de perles.

Poséidon cria en lançant sa puissance sur le Titan, et pour la première fois, je le sentis comme il était.

La force brute et colossale de l'océan, non plus entravée par le fléau de la pierre. Il était formidable.

Du noir passa devant mes yeux et ma gorge se serra plus fort.

Je glissai, et Poséidon me redressa.

— Laisse-moi partir. Va-t'en.

La chaleur m'envahit, et je réalisai à travers mon vertige que nous étions entourés de feu. Ma magie de l'air était en train de mourir.

Poséidon beugla, puis de l'eau me submergea, faisant pomper encore plus fort ma poitrine déjà essoufflée.

— Je t'aime.

Mes jambes s'écroulèrent alors que j'haletais les mots. Du noir encombra ma vision, le feu et l'eau et la saveur du pouvoir s'estompant à mesure que la douleur se transforma en agonie. La sensation atroce passa aussi vite qu'elle était venue, et une délicieuse sérénité m'envahit.

Puis tout disparut.

— Qu'est-ce que tu ressens, Poséidon ? En voyant ta femme mourir ?

Atlas s'était abandonné à la folie alors qu'il rugissait les mots. Je savais que j'étais moi-même au bord du gouffre. Je ne pouvais pas regarder le corps d'Almi par terre à côté de moi, sinon le peu de contrôle qui restait m'échapperait.

Je savais ce que j'avais à faire. Et je ne pouvais pas le faire seul, pas depuis l'endroit le plus inaccessible de tout l'Olympe.

Céto, prends la coquille. Il faut que ça se termine.

Je ne pouvais pas gagner les Épreuves, ni Almi. Mais il avait dit que Céto et Kalypso étaient à égalité sur les coquilles. Et j'avais besoin que l'Épreuve se termine. Il fallait que je tente ma chance avec la déesse marine.

Le pouvoir pulsait en moi – une sensation bienvenue après une si longue absence. Je levai mon trident bien au-dessus de ma tête.

— Créatures de l'océan, dieux de la mer et déesses de l'Olympe, entendez mon appel ! Ce Titan vous souhaite du mal ! Les Épreuves sont terminées, et il faut s'occuper de lui !

Avec une poussée de toute-puissance, j'envoyai ma force dans l'océan au-delà du dôme autour de moi. Atlas rugit à nouveau, et Céto lui lança de l'eau noire d'encre quand du feu jaillit de ses paumes.

Je levai les yeux, sentant la réponse des profondeurs autour de moi, qui répondaient à mon appel. Sou mon regard, des créatures de toutes sortes apparurent au-delà du dôme argenté brillant. Des baleines qui n'avaient jamais vu la lumière du jour, des serpents de mer et des anguilles de vingt pieds de long, des poissons de toutes tailles et de toutes formes, des phoques, des dauphins, des hippo-campes, tous nageaient aux côtés de créatures dont beau-coup croyaient qu'elles n'existaient que dans les mythes. Des créatures aussi énormes et terrifiantes que le talon-taure, des monstres qui ne pouvaient être vus que par ceux qui étaient coupables de crimes horribles, et des spectres mortels de l'océan arrivèrent pour m'aider. Quand je vis les ondins des profondeurs atteindre le dôme, je sus que cela signifiait que le frère de Céto, Phorkus, avait répondu à mon appel. C'était le dieu des profondeurs, et ces créatures étaient sa famille. Effectivement, je vis sa forme d'encre et pourrie au-delà du dôme – la même silhouette que sa sœur tentaculaire.

Mon trident chauffait dans mes mains alors que les centaines de créatures marines affluaient vers le dôme pour répondre à l'appel de leur roi. De la lumière jaillit de la pointe du trident et, lorsqu'elle atteignit le dôme, tout brilla d'or.

— Montons !

Je criai l'ordre, déversant ma force glorieusement retrouvée dans ces mots. Les créatures au-delà du dôme se murent avec frénésie, puis le sol sous mes pieds commença à trembler quand la foule des bêtes me prêta sa force pour soulever l'Atlantide du fond de l'océan.

Nous nous élevèrent, lentement d'abord, puis plus rapidement à mesure que de plus en plus de mes frères répondaient à mon appel. Kalypso apparut derrière Atlas, et je me préparai à rappeler une partie de mon pouvoir pour la combattre, mais elle baissa les yeux à mes pieds où gisait le corps d'Almi, puis les remonta vers les miens. Elle hocha la tête une fois, puis lança des jets d'eau de sa paume vers Atlas qui tâtonnait.

Lorsque la lumière du jour apparut au-dessus de nous, les animaux marins commencèrent à replonger, les créatures des profondeurs étant incapables de tolérer la lumière.

— Merci. Votre loyauté sera honorée, tonnai-je.

Puis j'utilisai mon propre pouvoir pour élever l'Atlantide jusqu'en haut.

Nous fîmes irruption à la surface, et je n'eus pas besoin d'envoyer ma prochaine demande.

Il y eut une série de flash lumineux tout autour de nous, et quand la lumière disparut, je me retrouvai entouré de mes proches.

Hadès était à côté de moi, Perséphone à sa gauche. Athéna était à ma droite, et au-delà, je vis les autres Olympiens alignés devant le Titan fou, à l'exception de Zeus, Héra et Aphrodite.

— Tu as enfreint les règles, Atlas, dit Athéna.

Le Titan cria, levant le bras et désignant la statue terrifiante qui était sa femme.

— Il a enfreint les règles ! Il y a des siècles, il a essayé de souiller ma femme !

— Non. La fontaine de Zoi est plus ancienne que nous tous. Sa magie est incontestable. *Elle* l'a jugée indigne. Le monstre que Méduse est devenue était une représentation de sa vraie nature. C'est elle qui a fait ça, pas Poséidon.

La voix d'Athéna résonnait d'une sagesse mélodique.

— Mensonges !

Dans une explosion de chaleur fulgurante, l'eau de Kalypso et les rubans d'encre de Céto se désintégrèrent.

Il n'y eut besoin d'échanger aucun mot entre moi et mon frère. De concert, Hadès et moi lançâmes notre pouvoir sur le Titan. Athéna, Arès, Apollon et Artémis ajoutèrent des flux de leur magie lumineuse à la nôtre, et Atlas hurla de douleur. Héphaïstos, puis Dionysos, puis Hermès nous rejoignirent avec leur propre pouvoir, et Atlas s'éleva du sol.

— Au Tartare ? grogna Hadès.

Il était sous sa forme de fumée – une terreur énorme et suintante qui aurait rendu un mortel fou.

— Au Tartare, acquiesçai-je.

Comme un seul dieu, nous concentrâmes notre pouvoir. J'imaginai l'horrible fosse ardente infernale qu'était la prison souterraine, le Tartare. Hadès s'éleva également du sol, son pouvoir bleu vif tourbillonnant de lumière. Des corps se modelèrent dans les ombres – une armée de cadavres, prêts à faire leur prisonnier. Athéna poussa un cri de guerre, et je déversai chaque goutte de mon pouvoir dans les flots qui entouraient Atlas. Il cria lorsque l'armée de Hadès le submergea. Il y eut un éclair de lumière bleue, et le dieu des morts disparut avec Atlas.

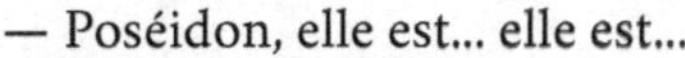

— Poséidon, elle est... elle est...

Perséphone était à genoux, ses vignes dorées enroulées autour de la forme d'Almi. Ses yeux étaient remplis de larmes, et sa voix tremblait.

— Elle est morte.

— Pas pour longtemps, grognai-je.

Je me penchai, prenant ma femme dans mes bras. Les vignes de Perséphone disparurent aussitôt, et j'avalai de la bile en sentant la peau froide et sans vie d'Almi.

— Mes frères et sœurs. Voulez-vous bien la ramener ?

Athéna me regarda tristement.

— Sans Zeus, nous ne pouvons pas. Tous les dieux de l'Olympe doivent se mettre d'accord pour accomplir cet exploit. Je suis désolée, Poséidon.

Je me détournai de la déesse.

— Zoi ! Voici la dernière des Néréides ! Tu sauves des espèces de l'extinction, et les Néréides valent la peine d'être sauvées. Je t'en supplie !

Ma voix se brisa sur cette dernière phrase, et je couchai Almi devant la fontaine. Son étoile de mer, incrustée de bijoux et planant au-dessus de la vasque, pulsait de lumière.

— Poséidon, si la fontaine ne la juge pas digne, elle peut revenir en monstre.

J'ignorai Athéna.

— Kryvo. Dis-moi ce que je dois faire.

J'entendis la petite voix de l'étoile de mer dans ma tête. *Donne-lui de l'eau.*

Je me penchai en avant, ramassant l'eau de la vasque dans mes mains. Je m'agenouillai prudemment et regardai son visage pour la première fois depuis que la vie l'avait quittée.

Je ne pouvais pas le supporter. Une angoisse au-delà de tout ce que j'avais jamais connu me donna l'impression que ma poitrine se brisait.

Donne-lui de l'eau. La voix de Kryvo filtra à travers la douleur. Je me penchai sur elle et je versai l'eau de la vasque sur ses lèvres incolores.

Il ne se passa rien. Le silence dominait. Il ne se passa absolument rien.

Puis la brise de l'océan souffla sur nous, un minuscule tourbillon apparaissant à côté de moi. Il dansa vers le visage d'Almi, et lorsqu'il atteignit les gouttelettes d'eau qui coulaient inutilement sur son visage, il les ramassa et en fit une tornade miniature d'air et d'eau.

Soigneusement, délicatement, celle-ci se déplaça vers son tatouage. Je la regardai en retenant mon souffle se fondre dans sa peau. Au milieu du tatouage, la coquille s'éveilla d'une couleur éclatante, vert vif. Je n'osai pas relâcher mon souffle alors que la couleur tourbillonnait, remplissait la carapace, puis ondulait sur le reste de sa peau. Sa pâleur s'estompa, remplacée par du rose vif. Puis sa poitrine bougea, ses poumons se remplirent. Elle haleta, et ses yeux s'ouvrirent.

ALMI

De la lumière piquait l'obscurité.

— Quoi..., essayai-je de dire.

Mais ma gorge ne fonctionnait pas. Je ne respirais pas, réalisai-je brusquement. La panique m'envahit quand j'essayai de m'orienter, d'ouvrir les yeux ou de faire marcher ma poitrine. Puis je sentis l'air couler dans ma gorge avec précipitation et remplir mes poumons. Mes paupières s'ouvrirent, et à travers la brume, je vis Poséidon.

Des souvenirs me traversèrent tandis que je fixais son visage.

Son sourire.

Ce sourire dévastateur s'étira sur son visage, puis sa main se posa sur ma joue, repoussant mes cheveux en arrière.

— Almi, souffla-t-il.

Ma tête battait la chamade, et ma vision était floue.

— Quoi..., essayai-je à nouveau.

Mais de l'air souffla sur mon visage, et un petit tourbillon apparut plus net devant mes yeux.

Quelque chose s'agita dans mon ventre, étranger, et

brut, et pas désagréable. Le tourbillon se dilata, sifflant autour de moi, et le sourire de Poséidon s'évanouit.

— Qu'est-ce que tu fais ? aboya-t-il, ses doigts se resserrant autour de mes épaules.

J'étais vaguement consciente que j'étais allongée par terre, mais le tourbillon se resserra autour de moi et m'arracha à l'étreinte de Poséidon. Il cria, et Perséphone apparut à côté de lui alors que je m'élevais plus haut dans les airs. Elle lui dit quelque chose, et un jet d'eau jaillit de sa paume vers le tourbillon. La douleur et la désorientation me quittaient, et à la place, la sensation dans mon intestin se propageait à travers moi.

J'étais censée être morte.

Cette épiphanie me frappa alors que je regardais le visage perplexe de Poséidon.

J'étais morte.

Comment étais-je revenue ?

Je sentis quelque chose de chaud et légèrement pointu contre ma main et baissai les yeux.

— Kryvo.

Il était beau.

— Il t'a sauvée, déclara joyeusement la petite étoile de mer alors qu'une image de Poséidon appelant toutes les créatures des fonds marins prenait vie derrière mes paupières.

Je vis l'Atlantide s'élever de l'océan, et les Olympiens arriver et jeter Atlas dans le Tartare.

J'avais encore l'esprit engourdi, alors même que je sentais le pouvoir monter en moi. Je regardai Poséidon soulever mon corps et me porter jusqu'à la fontaine.

— Il m'a ramenée, murmurai-je.

— La fontaine t'a ramenée. Elle t'a jugée digne.

J'ouvris les yeux, dissipant la vision.

— Qu'est ce qui se passe, maintenant ?

— Tu es en train de renaître avec le cœur de l'océan.

— C'est toi ?

— Oui.

— Je ne comprends pas.

— Je t'appartiens. Tu as mon pouvoir maintenant, ainsi que le tien.

— Ton pouvoir ?

— Oui. L'immortalité. Tu es une déesse maintenant, Almi.

Je pouvais entendre la joie dans sa voix.

Le tourbillon autour de nous tourna encore plus vite, et j'essayai de faire marcher mon cerveau à la même allure alors que je planais à l'intérieur.

— Une déesse ?

— Oui. Accepte-le.

Alors qu'il prononçait ces mots, l'air s'arrêta de tourner. Pendant une seconde, je crus que j'allais dégringoler, mais un torrent de magie explosa en moi, et le monde entier se figea.

Comme devant la fontaine, je me sentis envahie de connaissances étranges. Je pouvais être où je voulais, instantanément. Et je savais exactement où c'était.

Je flashai, droit dans les bras de Poséidon.

— Tu es de retour.

Il saisit mon visage, m'embrassant partout. Je ris, repoussant sa poitrine.

— Je suis de retour. Et Kryvo dit que je suis une déesse maintenant.

— Almi !

Je me retournai à la voix de Perséphone. Un par un, les autres Olympiens disparaissaient dans des éclairs de lumière, mais mon attention se porta sur l'endroit où mon amie était agenouillée par terre. À côté de Lily.

Je réagis vite, Poséidon me serrant toujours la main. Perséphone m'adressa un sourire rayonnant quand j'arrivai jusqu'à elles.

— Almi, regarde.

Je suivis sa main pointée vers ma sœur. Une petite tornade tourbillonnante chargée de gouttes d'eau s'enfonçait dans le tatouage de coquillage sur sa poitrine.

Et puis, ses côtes bougèrent.

Je tombai à genoux, posant ma main sur sa joue. Elle avait chaud. Sa peau était de la bonne couleur.

L'excitation m'envahit, l'incrédulité à ses trousses.

— Almi ?

Les yeux de Lily s'ouvrirent lentement lorsqu'elle prononça mon nom.

— Je suis là, Lily. Je suis là.

Des larmes de joie coulaient sur mes joues, tandis que je regardais dans ses yeux bleus brillants.

— On est tous là.

J'avais peur d'être réellement morte, et que tout cela ne soit qu'un rêve étrange dans l'au-delà, ou quelque chose comme ça.

Ma sœur était vivante. Et réveillée. Elle me regardait fixement, un faible sourire aux lèvres.

— Tu as dit à la fontaine que les Néréides valaient la peine d'être sauvées. Cela les a ramenées toutes les deux, souffla Perséphone à travers son sourire, ses vignes guérisseuses s'enroulant autour des poignets de Lily. Elle a besoin d'eau.

De l'eau coula de la main brillante de Poséidon,

précise et douce de manière à atteindre les lèvres de Lily. Son pouvoir semblait différent maintenant, et je me souvins de ce qu'il avait dit à propos du fait que j'étais un phare pour lui. Je me sentais attirée par sa magie, comme si elle avait sa propre vie et sa propre voix, et qu'elle m'appelait.

Comme s'il entendait mes pensées, un jet d'eau se détacha, se dirigeant vers moi à la place. Je tendis la main, et un filet d'air vola de moi. Lorsque les deux se rencontrèrent, une lumière argentée brilla, et les courants d'eau et d'air s'entrelacèrent, dansant devant nous.

Un sentiment de plénitude totale s'installa en moi. C'était réel.

— *Je t'aime.*

Les mots étaient dans ma tête, dans la belle et profonde voix de Poséidon. Je détournai mon visage de Lily, qui buvait encore, pour le regarder.

— Je t'aime, murmurai-je. C'est réel, non ?

Kryvo couina depuis l'endroit où je l'avais pressé à la hâte contre ma gorge :

— Cent pour cent réel. Regarde, c'est Bleu et Chrysos.

Je tournai brusquement la tête vers la gauche pour voir les deux pégases galoper dans la clairière. Bleu ne s'arrêta pas avant d'arriver jusqu'à moi, et je lui caressai le nez, parsemant son long museau de baisers.

— Oh là là, je suis contente que tu ailles bien, lui dis-je.

Les larmes brûlaient au fond de mes yeux, mais cette fois de pure joie.

— Je sais que c'est un moment émouvant pour vous tous, résonna la voix d'Athéna à travers la clairière. Mais il y a la question des Épreuves de Poséidon à régler.

Poséidon se raidit à côté de moi et je me concentrai sur la déesse. Céto était à côté d'elle, ses tentacules s'écrasant par terre. Un sentiment de malaise m'envahit.

Nous étions sains et saufs, mais Poséidon avait peut-être perdu son royaume.

— C'est Céto qui a le plus de coquilles. Selon les règles des Épreuves, elle a le droit de régner sur le Verseau.

La voix d'Athéna était pleine de tension et de réticence. Le regard de Céto tomba sur Poséidon.

— Je suis prête à conclure un marché, roi des mers.

Il s'inclina devant elle, sans me lâcher la main.

— Je suis reconnaissant. Et j'ai une offre valable.

Elle inclina la tête vers lui.

— Tu m'en dois une, Poséidon. Je n'envisagerai qu'une belle offre.

— Est-ce qu'il te plairait de gouverner l'Atlantide ?

Je le regardai avec surprise, puis Céto. Elle cligna lentement des yeux.

— Tu me proposes une ville en ruines ?

Elle ne semblait pas impressionnée, mais sa voix trahissait ce que j'étais sûre d'être de l'excitation.

— Oui. Je voudrais offrir aux habitants la citoyenneté du Verseau, s'ils le souhaitent…, commença-t-il.

Mais je lui agrippai le bras, le coupant.

— Les habitants ?

Il m'adressa un sourire rayonnant, et mes genoux flageolèrent.

— Oui. Ils sont tous vivants. Je peux les sentir.

La joie se précipita en moi, et je rebondis sur mes pieds involontairement.

— Et les victimes au Verseau ?

— On est trop loin d'eux pour que je le sache, mais si les anciens ici ont été guéris, alors je pense que, pour une fois, ce sont de vrais espoirs.

Son visage était plein d'émotion.

— Tu m'offres une ville en ruines, sans population ? interpella Céto, attirant nos deux attentions vers elle.

— En effet. Une ville de pouvoir. Une ville avec l'un des artefacts les plus anciens et les plus puissants de l'Olympe.

— Poséidon, dit Athéna, de l'inquiétude dans la voix. La fontaine de Zoi doit être protégée. Il ne faut jamais en abuser.

Poséidon garda les yeux rivés sur Céto.

— Cette déesse est digne de confiance. Je m'en porte garant. Elle a participé à la création de nombreuses créatures marines, et elle veille sur elles comme sur sa famille. Elle connait le respect. Il n'y aurait pas de meilleur gardienne pour le pouvoir de la fontaine.

— Très bien, dit Athéna. Tu es responsable de cette décision, Poséidon.

— Acceptes-tu l'Atlantide, en échange du Verseau ? demanda Poséidon à Céto.

Elle resta silencieuse un long moment.

— Peux-tu ramener la ville au fond de l'océan ?

— Oui.

— Alors, oui. J'accepte ton offre.

La voix de Céto résonna dans mon esprit, juste après ces mots. *La dette est payée, roi et reine de la mer.*

En un éclair, elle disparut. Athéna lança un regard perçant à Poséidon, puis elle disparut également.

Polybotès s'empressa de prendre sa place. Il était complètement libéré de sa gangue de pierre et avait dû se tenir à l'écart des combats depuis son retour. Étant donné qu'il n'avait pas de magie, je ne pouvais pas le lui reprocher. Il fixa ses grands yeux sur moi.

— Tu m'as sauvé la vie deux fois. Tu as mon allégeance.

Il regarda Poséidon.

— Tu es un connard, et je renoncerai à ma vengeance juste parce que ta femme est meilleure que toi.

Avec un hochement de tête, il s'éloigna, disparaissant

dans le labyrinthe. Je levai les yeux vers Poséidon, les sourcils levés et un sourire aux lèvres.

— Il faudra que tu me racontes l'histoire entre vous
deux.

Il commença à répondre, mais la voix de Lily me
parvint aux oreilles.

— Almi.

Je tombai à genoux. Les vignes de Perséphone l'enve-
loppaient toujours, et je jetai un coup d'œil à mon amie.

— Est-ce qu'elle va bien ?

— Je vais bien, répondit Lily elle-même.

Perséphone me fit un signe de tête, rayonnante.

— Lily.

Je me penchai, enroulant étroitement mes bras autour
d'elle, la tirant en position assise. Elle me rendit mon
étreinte férocement.

— Je te l'avais dit.

Ses lèvres étaient craquelées, et sa voix était rauque,
mais elle me souriait quand je reculai pour la regarder.

— Tu m'as dit quoi ?

— Tout ! Que tu trouverais ton pouvoir et que tu serais
plus forte que moi. Que tu sauverais le monde. Que le dieu
de la mer était amoureux de toi.

Elle jeta un coup d'œil espiègle à Poséidon.

— C'était vraiment toi qui me parlais pendant tout ce
temps.

Des larmes de joie coulaient sur mes joues.

— Bien sûr que oui. Je ne t'ai jamais quittée.

— Je t'aime, Lily.

— Je sais. Je t'aime aussi.

ALMI

— Il faut vraiment que je fasse ça ?

La petite nymphe redressa le bas de ma robe pendant que ma sœur riait.

— Oui.

— Devant tous ces gens ?

— C'est un peu le but. Tourne-toi pour que je puisse te voir.

Je marchai sur le petit podium où je me tenais pour que Lily puisse me voir. Ses yeux s'illuminèrent, et elle se déplaça pour que je puisse me regarder dans le miroir en pied derrière elle.

Mon reflet me rendit mon regard, et je n'aurais jamais cru ressembler à ça. Le tatouage de coquille aux couleurs vives, le teint brillant de la peau nacrée et les cheveux bleu vif et striés d'argent, c'était une chose. Mais la robe de mariée ?

Jamais de ma vie je ne me serais attendue à ça.

. . .

Elle était du vert le plus pâle, avec de l'argent et du bleu – assortis à mes cheveux – qui chamarraient l'étoffe. Le haut était un corset rigide avec des manches complètement transparentes qui tombaient le long de mes bras comme un liquide. La jupe flottait sur mes hanches, scintillante avec un soupçon de nuages qui moutonnaient et de vagues qui moussaient à mes mouvements.

C'était une robe magnifique. Je regardai Lily, qui avait les larmes aux yeux.

— Qu'est-ce qui ne va pas ?

— Tu es très belle. Et je n'aurais jamais pensé te revoir, et encore moins être ici avec toi quand tu épouseras l'homme que tu aimes.

— Oh, Lily. Je suis tellement contente que tu sois là aussi.

La nymphe recula, me permettant de descendre du piédestal et de prendre Lily dans une étreinte.

Cela ne faisait que deux nuits depuis le grand final à l'Atlantide, et Lily et moi étions inséparables depuis.

Poséidon avait été complètement absorbé par le fait de remettre l'Atlantide à Céto, de déplacer les citoyens dans son propre royaume, puis de la replonger au fond de l'océan. Avec Perséphone, Lily et moi avions aidé toutes les personnes affligées par le fléau de la pierre, et il s'était avéré que ma nouvelle magie faisait de moi la personne idéale pour ce travail. Ou la *déesse idéale* pour ce travail. Je jetai un coup d'œil à la petite étoile de mer incrustée de bijoux assise sur un coussin, sur la commode.

Kryvo était le cœur de l'océan, et son pouvoir était le mien. Et il semblait qu'il n'était pas seulement immortel. Il avait des pouvoirs télépathiques. Ce qui signifiait que moi aussi. Sur les conseils de Perséphone, j'avais pu ajuster les souvenirs de toutes ces familles qui avaient perdu des êtres chers à cause de la pierre, afin qu'elles ne sachent jamais qu'il s'était produit quelque chose d'aussi grave.

C'était un travail satisfaisant, et cela me rendait vraiment heureuse d'aider à reconstituer toutes les familles brisées, ma propre sœur et amie à mes côtés.

Mais quelques heures de retour au Verseau avaient suffi pour que je commence à regretter le roi des mers. Après une journée sans l'avoir vu, je me sentais de plus en plus... mal. Nerveuse et inhabituellement mélancolique.

Son absence m'empêchait de réfléchir correctement, ou même de manger correctement. Tout ce à quoi je pouvais penser, tout ce que je voulais, c'était lui.

Puis un mot était apparu sous ma porte.

Pas un mot, une invitation. À mon propre mariage.

Poséidon, roi de l'océan, vous invite à assister à son alliance formelle avec Almi, Néréide et reine du Verseau. L'événement sera également son couronnement officiel. Salutations.

Il y avait une signature griffonnée en bas qui était totalement illisible.

J'avais fixé le morceau de papier, pendant que de la confusion et une pointe de colère montaient en moi, jusqu'à ce que Lily me le prenne et, après l'avoir lu, le retourne.

Il y avait un croquis au dos – un croquis de ma coquille. C'était magnifiquement fait, et ça m'avait coupé le souffle. Et en écriture manuscrite, en dessous, j'avais lu une seule phrase. Une question.

Deviendras-tu ma reine, devant mon royaume ?

· · ·

Galatée était arrivée le lendemain matin pour dire que la cérémonie aurait lieu immédiatement et que Roz et Mov attendaient dans la loge avec ma robe.

— Tu auras besoin d'une jarretière, dit Lily en posant sa main sur son menton et en me regardant de haut en bas.

J'étais sur le point de protester que c'était démodé et un truc humain, quand une pensée me frappa.

— Le bandeau.

— Quoi ?

— Le bandeau qu'il a découpé dans sa toge pour me bander les yeux.

— Bonne idée. Je vais le chercher.

Lily se précipita pour le retrouver, et je pris une profonde inspiration en regardant à nouveau mon reflet. Mon désir pour Poséidon était devenu aussi physique qu'émotionnel. J'étais liée à lui aussi profondément que si nous partagions un cœur battant.

Je comprenais la nécessité de la cérémonie. Lily et Galatée avaient toutes deux fait remarquer que, si j'étais maintenant une déesse et reconnue comme l'épouse de Poséidon, alors il fallait que ce soit officiel pour les gens de son royaume, ainsi que pour les autres dieux.

Mais je n'avais pas besoin de toutes ces bêtises exagérées. J'avais juste besoin de lui.

J'aurais sacrifié tout ce que je possédais pour voir ce sourire sur son visage. Sentir sa peau chaude contre la mienne, sans granit froid et dur. Sentir sa puissante aura m'envahir, entendre son cri de joie alors que nous planions ensemble dans les airs et l'océan.

Un petit bruit s'échappa de mes lèvres quand je fronçai la figure d'impatience.

Je le voulais ici, à côté de moi, maintenant.

La seule bonne chose à propos d'une cérémonie de mariage, pensai-je en regardant ma jupe dans le miroir, c'était qu'elle était suivie d'une *nuit de noces*.

Mes rêves étaient devenus plus intenses, et je savais que j'étais beaucoup plus excitée – et nerveuse – à propos de la soirée que des vœux de mariage ou de la couronne.

Je ressentirais enfin ce que les yeux remplis de désir, la voix rauque et le corps bandé de Poséidon m'avaient promis. Il pourrait faire tout ce qu'il voudrait de moi. Je le laisserais faire. L'anticipation envoya des frissons sur ma peau.

— Le Verseau aura de la chance d'avoir une si belle reine.

Je vis Galatée debout derrière moi dans le miroir, et je chassai mes pensées coquines de mon esprit. Je souris en me tournant vers elle.

— Merci. Je suis contente que tu le penses.

— Je le pense. Tu es prête ?

Lily fit irruption dans la pièce, tenant triomphalement le bandeau.

Je pris une profonde inspiration.

— Maintenant, oui.

La cérémonie avait lieu dans la salle du trône, et Perséphone m'attendait devant la porte lorsque nous montâmes les escaliers.

— Ouah. Tu ressembles… à une déesse.

— Je me sens pareil, souris-je.

— Eh, Kryvo, bravo d'avoir sauvé le monde, dit-elle à l'étoile de mer, qui ornait mon poignet tel un gros corsage scintillant.

Il chauffa sur ma peau.

— Merci, couina-t-il joyeusement.

— Qui aurait cru qu'il serait le cœur de l'océan ?

— Pas moi, dis-je. Je ne savais même pas que je lui avais donné vie. Je pensais qu'il faisait partie de la magie du palais.

— Je ne savais pas non plus, dit l'étoile de mer. Je ne suis pas devenu ce que j'étais censé être tant que tu n'as pas embrassé ton pouvoir, déclara-t-il.

— Fascinant, déclara Perséphone, les yeux brillants d'une excitation intéressée.

Elle portait une superbe robe jaune et verte, recouverte de dentelle noire représentant des roses. Ses cheveux blancs étaient tressés, et elle portait une tiare dorée en forme d'épines.

— Tu sais, j'adorerais l'étudier, voir si je peux comprendre comment tu lui as donné vie, me dit-elle.

— Je… euh… n'aurai pas besoin de sa compagnie ce soir, dis-je maladroitement, sentant mon visage chauffer. Kryvo, veux-tu rester avec Perséphone, ce soir ?

— Je préférerais être n'importe où plutôt qu'avec toi et Poséidon, ce soir, déclara-t-il.

Perséphone éclata de rire.

— Cela règle le problème, alors.

Elle regarda Lily debout à côté de moi, vêtue d'une superbe robe fluide d'un riche bleu sarcelle étincelant, qui mettait parfaitement ses cheveux en valeur.

— Comment vas-tu ?

Ma sœur et ma nouvelle amie s'étaient très bien entendues ces derniers jours, et ça faisait battre mon cœur d'être avec elles deux.

— Heureuse de voir ma petite sœur se marier. Dans les règles, cette fois, sourit Lily.

— Cela fait au moins l'une d'entre nous, marmonnai-je.

Perséphone haussa les sourcils.

— Tu ne veux pas l'épouser ? demanda-t-elle en regardant les immenses portes dorées derrière elle. Il est un peu tard pour faire marche arrière, maintenant. Ils t'attendent tous, là-dedans.

Je secouai la tête.

— Non, c'est juste que je n'ai pas l'habitude de gérer tout ça..., dis-je en faisant un geste vague. Toute cette formalité. Et toutes ces histoires.

— Tu viens de participer aux Épreuves de Poséidon, qui ont été diffusées dans l'ensemble de l'Olympe. Je pense que ça te connais, toutes ces histoires.

— Hmm.

— Il faut que tu donnes à ton public adoré une fin heureuse, sourit Lily. Et de toute façon, tu l'aimes. Va le montrer à tout le monde.

Alors qu'elle prononçait ces mots, je réalisai que c'était exactement le problème.

Il fallait que je lui dise que je l'aimais et que je choisissais d'être sa femme, devant le monde entier. Mais je ne lui avais même pas dit *ça*.

Enfin, je lui avais dit que je l'aimais. Quand j'étais tombée morte, c'était la seule preuve dont il avait eu besoin pour savoir que mon amour était réel et réciproque. Mais, à part dans le chaos qu'avait été la dernière Épreuve, nous n'avions pas eu un seul moment pour vraiment nous répéter ces mots ou comprendre ce qu'ils signifiaient pour nous.

Déclarer ce nouvel amour devant une foule d'étrangers, c'était forcément un peu gênant.

J'adressai un signe de tête à ma sœur.

— D'accord. Allons-y.

· · ·

Les portes dorées s'ouvrirent, j'attachai mon bras à celui de Lily et suivis Perséphone dans la salle du trône.

POSÉIDON

’attente allait me tuer. Attendre qu'Almi entre dans la pièce, attendre de poser les yeux sur son beau visage... Immortel ou pas, j'allais peut-être en mourir.

Je m'étais même abstenu de parler avec elle pendant que je nettoyais le bazar qu'Atlas avait laissé derrière lui, parce que je me savais incapable de garder le contrôle à la moindre tentation. Et rien que sa voix, ses mots, son esprit... Le simple fait de parler avec elle m'aurait suffi pour abandonner toutes mes responsabilités, l'emmener sur mon navire et passer tout le temps dont j'avais besoin pour effacer une décennie de ressentiment et de douleur.

Donc, à la place, je m'étais concentré sur ce qui devait être fait, et les deux derniers jours m'avaient semblé aussi longs que les huit dernières années. Parce que maintenant, je savais qu'elle m'aimait en retour. Je pouvais le sentir – une corde invisible entre nous, vibrante de vie, d'espoir et d'amour.

Elle me donnait une énergie sans bornes, sa présence cajolante et libératrice, une masse fougueuse de toutes les choses qui m'avaient tant manqué pendant ma longue et sérieuse vie.

Putain, elle m'avait manqué. Je la voulais, j'avais *besoin* d'elle à mes côtés. Une fois ces maudites formalités et ce couronnement terminés, le reste du monde ne nous verrait plus avant au moins deux jours, je m'en assurerais.

Mon trône avait disparu, remplacé par un autel et une prêtresse de Héra. Une grande coiffe de paon désignait la femme menue en tant que telle, et je remarquai qu'elle souriait au fond de la pièce. Des dieux et des déesses bordaient les murs de la pièce, y compris mon frère, mais aucun n'attira mon attention lorsque je me retournai.

Les portes étaient ouvertes. Perséphone glissa dans la pièce, rayonnante. Elle se faufila d'un côté, pour se tenir à côté de Hadès, et là, bras dessus bras dessous avec sa sœur, entra Almi.

J'avais pensé qu'à sa vue, la tension qui tourmentait mon corps diminuerait. Mais c'était le contraire.

Elle était plus que belle. Radieuse. La déesse et la reine qu'elle avait toujours été destinée à devenir.

Tout mon corps se raidit, et la chaleur m'inonda. Quand son regard croisa le mien, je vis mon propre sourire se refléter sur elle, une joie sincère sur son visage. Et le désir dans ses yeux.

Sa sœur l'embrassa sur la joue lorsqu'elle me rejoignit, puis se déplaça pour se tenir debout près de Perséphone. Almi me regarda, son expression presque timide. Je lui pris la main, puis je fis signe à la prêtresse de commencer la cérémonie.

Tu es magnifique.

Sa bouche se contracta lorsque la prêtresse parla de liens et de dévouement éternels. *Tu n'es pas trop mal non plus. Maintenant, chut : j'écoute.*

Nous les avons déjà entendus une fois.

Elle plissa les yeux vers moi. *Je n'écoutais pas vraiment non plus.*

Regrettant d'avoir évoqué le passé, j'essayai de me concentrer sur la prêtresse. Mais je ne voyais qu'elle. Les mèches argentées brillaient dans ses cheveux, et sa peau reluisait. Elle sentait la brise sur l'océan.

Tu m'as manqué.

Sa voix résonnait dans mon esprit, et le bonheur coulait dans mes veines.

Tu m'as manqué aussi. Plus à chaque minute.

Pourquoi ne m'as-tu pas parlé alors ? Ou tu n'es pas venu me voir ?

Parce que je n'avais pas le sang-froid nécessaire pour me retenir d'abandonner mes devoirs et t'emmener loin de de tout cela. Quelque part où nous aurions pu nous amuser à notre guise.

Ses joues rosirent, et je vis son désir, aussi fort et féroce que le mien.

Combien de temps ça dure, ce truc ?

Je lui souris, juste au moment où la prêtresse dit :

— Avec cette couronne...

Galatée s'avança vers nous. Elle tenait un coussin, et dessus se trouvait une couronne dont je n'aurais jamais cru qu'elle ornerait un jour une tête.

Elle était délicate, faite de coquillages et de corail, avec de minuscules pierres précieuses serties partout, qui la faisaient scintiller. J'avais trouvé le temps, avant la cérémonie, de la modifier un peu, en taillant de minuscules tourbillons dans les trois plus gros coquillages. Almi l'attrapa, les yeux écarquillés d'émerveillement. Elle passa un doigt sur l'une des sculptures.

— Tu as sculpté ça ?

C'était une question, mais elle connaissait déjà la réponse.

Je hochai la tête.

— Oui. Tu n'es pas de l'océan. Mais tu en fais partie. Cela devrait être célébré.

Elle me décocha un sourire rayonnant, et je lui pris la couronne, la plaçant doucement sur sa tête. La foule applaudit et rugit, son ami de la boulangerie plus fort que tous les autres.

La prêtresse reprit la parole.

— Et maintenant, devant l'Olympe, vous devez affirmer votre amour l'un pour l'autre. Almi, consens-tu à lier ton âme à Poséidon ?

Elle me regarda, ces yeux brillants, déterminés et pleins de certitude. Et de joie.

— Oui.

— Et Poséidon, consens-tu à lier ton âme à Almi ?

— Oui.

Avec ces mots jaillit une décharge de culpabilité dont je n'avais pas réalisé qu'elle pesait si fort sur mes épaules. Un sentiment de liberté m'envahit, me hérissant les poils sur les bras et envoyant des picotements dans tout mon corps. Je savais qu'Almi ressentait la même chose, car elle poussa un petit soupir et me saisit les mains.

— Par la magie de Héra, vous êtes mariés et liés, déclara la prêtresse.

Je levai la main d'Almi en me tournant vers la salle assemblée.

— Verseau, je vous présente votre reine.

ALMI

On peut y aller, maintenant ? J'envoyai la pensée télépathique à Poséidon alors qu'une autre personne que je ne connaissais pas s'inclinait devant nous, nous présentant ses sincères félicitations pour notre mariage.

Bientôt, mon amour.

Je poussai un soupir, que je maquillai rapidement en toux tandis que notre admirateur faisait ses adieux. Poséidon m'adressa un sourire en coin, chargé de promesses.

Tu as attendu longtemps. Quelques heures ne feront aucune différence.

— Des heures ! m'exclamai-je à haute voix.

Son sourire s'agrandit.

Mon corps avait pris vie à la seconde où je l'avais vu à l'autel, et toute ma contrariété et ma réticence s'étaient évanouies en un éclair. Il n'y avait rien que je désirais plus que lui montrer à quel point il comptait pour moi. Et ressentir la même chose de sa part.

Il avait raison, j'avais attendu longtemps. Toute ma

foutue vie d'adulte, j'avais attendu de sentir un homme en moi. Et il s'avérait que j'avais attendu exactement pour la bonne raison.

Lui.

J'étais prête et j'avais fini d'attendre.

Si j'étais reine maintenant, j'allais me comporter comme telle.

Je lui lançai un regard noir, mes pensées ne tolérant aucune protestation. Mari, emmène-moi au lit. Tout de suite.

Ses paupières s'abaissèrent, et ses yeux bleu vif s'assombrirent. Comment puis-je refuser un ordre de Sa Majesté ? dit-il, et le monde flasha.

Quand je clignai des yeux, nous étions dans la chambre de son vaisseau. L'immense lit en forme de coquillage, recouvert de soie noire, nous accueillit.

Avant que je puisse dire un mot, il me serra contre lui, ses deux mains sur mon visage. Il passa ses pouces sur mes joues tout en me fixant dans les yeux.

— Enfin seuls, souffla-t-il.

La chaleur balaya mon corps, s'accumulant entre mes jambes.

Ça allait arriver.

— Tu es tellement, tellement belle.

Je me mouillai les lèvres, prenant une inspiration.

— Comme toi, mon roi.

Il m'adressa un sourire dévastateur, et je me mordis la lèvre.

— Ce sourire me rend faible. Je n'arrive pas à croire que tu me l'as caché pendant si longtemps.

— Je n'arrive pas à croire que je n'ai pas pu faire ça pendant si longtemps, répondit-il, avant de baisser la tête et de presser ses lèvres contre les miennes.

Cela commença par le doux baiser de deux personnes

amoureuses. Mais alors que sa langue séparait mes lèvres et que son goût inondait mes sens, cela se transforma en un genre de baiser totalement différent. Un baiser qui me montrait à quel point il me désirait.

Un baiser qui touchait chaque partie de moi.

Un baiser qui faisait plier mes genoux.

Il me souleva, me serrant contre lui alors qu'il nous déplaçait vers le lit. Tout ce que je pouvais faire, c'était de le retenir. Mon esprit chancela à la sensation de son corps pressé contre le mien. La chaleur de sa bouche, la douceur de sa peau, la fermeté de son corps.

Il me posa sur le lit, sans jamais quitter mes lèvres avec les siennes. Quand mon dos entra en contact avec les draps, il s'éloigna, seulement pour faire pleuvoir des baisers dans mon cou. Il mordit doucement, ses dents frôlant ma peau et me faisant picoter partout.

— Tu es si douce, murmura-t-il. Je veux t'entendre crier.

Je pris une inspiration tremblante, laissant le désir se répandre en moi, me forçant à me détendre. Il recula, et quand il me regarda dans les yeux, je pus voir l'impatience et l'envie se battre sur son visage. Je tendis la main et pris sa joue en coupe.

Me sentant audacieuse, je me mis lentement à genoux, agrippant ses épaules.

— Tu m'aides avec mon corset ?

Avant qu'il ne puisse répondre, je lui tournai le dos. Je sentis ses doigts sur le laçage de ma robe, fermes mais doux alors qu'il dénouait et desserrait les rubans.

Quand je sentis que le tissu épais était suffisamment lâche, je pris une profonde inspiration et je levai les bras au-dessus de ma tête. Il y eut une pause, et ma robe glissa le long de mon corps.

Il était assez grand pour n'avoir aucun problème à me

l'enlever, me laissant agenouillée sans rien d'autre qu'une culotte en dentelle et mon bandeau en guise de jarretière. Terrifiée par ma nudité, et désespérée de voir la sienne, je me tournai lentement pour lui faire face, laissant retomber mes bras contre mes flancs.

Il poussa un soupir sifflant, ses yeux flamboyants alors qu'ils regardaient mes seins, mon ventre, ma culotte.

Je baissai délibérément les yeux vers sa taille ceinturée de sa toge. Dans un mouvement presque trop rapide à suivre, il s'en débarrassa.

Je ne pus retenir mon souffle.

Chaque centimètre de lui était un muscle dur et sculpté.

Chaque centimètre.

Il était magnifique. Des muscles solides formaient son torse, avec juste une fine couche de poils menant vers le sud, jusqu'à la peau d'apparence douce que j'avais caressée auparavant. Mes yeux se baissèrent, et je gémis. Il était déjà en érection, sa queue dansant devant moi, longue, épaisse et parfaite.

Je ne pus m'empêcher de tendre la main. Il se crispa, et je crus qu'il allait m'arrêter, mais il s'en empêcha. J'enroulai mes doigts autour de sa hampe et le regardai.

Il poussa un grognement de pure satisfaction alors que son regard plongeait dans le mien. Je tournai mon visage et léchai le bout de sa queue.

Il grogna à nouveau, son corps bandé. Je léchai à nouveau son gland, puis fis tourbillonner ma langue autour. Il avait un goût salé et chaud, et ça me plut. Je le pris profondément dans ma bouche, suçant doucement. Ses mains agrippèrent mes cheveux, et il parla, comme à bout de souffle.

— Ma reine.

Sa queue gonfla encore plus contre ma langue, et ses mains se resserrèrent dans mes cheveux. Je saisis sa queue fermement et suçai, le travaillant avec ma langue et ma bouche. Je le sentis frissonner, puis l'entendis gémir et le sentis frissonner à nouveau.

— Arrête.

Il s'écarta et je sursautai, léchant mes lèvres et le fixant alors qu'il prenait une respiration saccadée.

— Je t'ai attendue si longtemps, grogna-t-il.

— Et moi toi, soufflai-je d'une voix saccadée.

Le désir palpitait en moi, si intense que c'en était presque insupportable.

— Touche-moi, murmurai-je.

— Enlève ta culotte, ordonna-t-il.

Je sentis une nouvelle bouffée de chaleur à son ordre, et j'obéis, baissant ma culotte en dentelle blanche.

À l'instant où je fus découverte, il fut sur moi.

Il me souleva, mes jambes s'enroulant autour de sa taille alors qu'il me pressait contre les draps. Mon dos s'enfonça dans la soie noire, son poids m'écrasant contre les couvertures. Mes mamelons frôlèrent son torse ferme, et je me cambrai contre lui.

La sensation de sa peau contre la mienne était électrique. Sa main se déplaça entre nous, caressant mon ventre alors qu'il prenait ma bouche dans un baiser féroce. Son doigt trouva mon humidité, et je gémis contre ses lèvres.

— Tu es prête pour moi.

C'était à la fois une question et une déclaration, et il avait l'air aussi proche que je me sentais.

— Si prête. Je t'aime.

Il arrêta ses caresses, soulevant sa tête pour me regarder.

— Je t'aime.

Il se déplaça en disant ces mots, et je sentis sa queue contre mon entrée. Je me mordis la lèvre.

— Tu es à moi, maintenant et pour toujours. Et moi à toi.

— Toujours.

Doucement, si doucement, il se pressa contre moi, posant à nouveau ses lèvres sur les miennes.

J'étouffai un soupir à la sensation, et il bougea, m'embrassant la mâchoire et le cou. Il m'étira, provoquant un léger malaise alors qu'il s'enfonçait plus profondément. Mais la douleur disparut rapidement, et il se retira un peu.

— Ça va ? demanda-t-il contre ma peau.

— Oui.

— Encore ?

— Encore.

Il s'enfonça encore plus profondément en moi, et je criai. Il s'arrêta là, alors même qu'il couvrait ma mâchoire de plus de baisers.

— Bien ?

— Bien, haletai-je.

— Encore ?

— Il y a plus ?

Il me mordilla le cou et s'enfonça encore plus en moi. Je laissai échapper un long gémissement, et il passa un bras sous moi, me serrant contre lui. Je me cambrai, laissant le sentiment de plénitude m'envahir.

Il commença à bouger. Mes hoquets se transformèrent en gémissements alors qu'il reculait pour se renfoncer. Encore et encore, il bougea, me prenant lentement, et mes bras s'enroulèrent autour de ses épaules. Mes yeux se fermèrent de plaisir, et je me perdis dans la sensation de lui, enfoui au plus profond de moi. Je le sentis frissonner contre moi, son corps bandé.

Je levai la tête et l'embrassai fort sur la bouche. Il gémit, et je le sentis frissonner à nouveau. Il bougea plus vite, et j'enroulai mes jambes plus fort autour de lui, le rapprochant avec mes bras. Il m'embrassa, profondément, férocement, sa langue possédant la mienne.

J'étais tout près. Je sentais que ça montait, le picotement prenant naissance dans mon ventre alors qu'il bougeait en moi. Mon corps semblait en feu, et je commençais à avoir des vertiges, mais chaque poussée de son corps en moi était un pur plaisir. Je gémis dans sa bouche.

— Jouis pour moi, souffla-t-il.

Mon corps tremblait alors que mon orgasme explosa en moi, le plaisir éclatant par vagues. Des lumières clignotèrent derrière mes paupières fermées, et je ne fus que vaguement consciente du cri que j'avais poussé. Poséidon grogna alors que je me contractais autour de lui, et il se déplaça plus vite. Mon corps brûlait sous l'intensité de mon orgasme, et je me cramponnais toujours quand il gémit et s'enfonça profondément en moi, frissonnant tout en jouissant.

Son sexe se contracta, et encore, et encore, me remplissant de chaleur. Il s'effondra sur moi, et j'appréciai la sensation de son poids sur moi.

Il m'embrassa – de doux baisers alors qu'il me serrait contre lui.

— Tu m'appartiens, murmura-t-il, sa voix profonde et satisfaite.

— Toujours.

Nous restâmes allongés comme ça pendant un long moment, mon visage contre sa poitrine, mes bras autour de ses épaules, lui toujours enfoui au plus profond de moi.

— Je crois avoir dit que je voulais que tu cries, finit-il par dire.

Il se redressa sur ses coudes, et je le regardai. Il m'embrassa doucement.

— N'ai-je pas crié ?

— Tu as bel et bien fait du bruit, dit-il, les yeux brûlants. Mais rien que je qualifierais de cri.

Il bougea en moi, lentement mais solidement.

— Je ne sais pas, dis-je à bout de souffle. Je suis presque sûre d'avoir crié quand j'ai joui.

Il secoua la tête.

— Non, mon amour. Ce que tu appelles un cri, j'appelle ça un gémissement.

Il approcha son visage du mien et m'embrassa, ses hanches immobiles. Je gémis de ne plus le sentir, et il dit contre mes lèvres :

— Ah, tu vois ? Voilà.

Il bougea à nouveau, sa queue glissant lentement, régulièrement. Je frissonnai à la sensation qui continuait d'étinceler en moi, et je levai les yeux vers lui en me mordant la lèvre.

— J'ai encore envie de jouir.

Il me sourit. Je couinai quand il passa un bras sous moi et roula. Quand nous nous stabilisâmes, il était sur le dos, et j'étais au-dessus.

Doucement, il posa une main à plat sur mon ventre et me repoussa pour que je sois à califourchon sur lui. Ses yeux dévoraient avidement mes seins.

Poussant sur ses coudes, il déplaça ses lèvres vers mon mamelon dur. Je fermai les yeux, laissant m'envahir l'intensité du plaisir de sa langue avec la sensation impossible à ignorer de sa queue qui me remplissait toujours. J'ondulai des hanches, me pressant fortement contre lui. Il grogna contre ma peau, avant de passer à mon autre mamelon.

J'ondulai plus fort, la sensation délicieuse.

Il s'allongea en me fixant. Son regard me coupa le souffle. Pour la première fois, j'avais vraiment l'impression d'être une déesse et une reine.

Puis son pouce trouva mon clitoris, et toutes pensées

m'abandonnèrent. Il souleva ses hanches, me faisant rebondir sur son érection, tandis que ses mains douces et habiles exerçaient leur magie. Les doubles sensations étaient trop fortes, surtout après un orgasme aussi intense.

Je criai, et il se figea.

Mes paupières s'ouvrirent.

Il me sourit, puis m'attrapa les fesses avec son autre main. Me tirant vers l'avant, puis me repoussant, il me fit chevaucher son membre, me caressant en même temps.

Je me sentis me contracter autour de lui, la pression montant en moi, vertigineuse et incontrôlable.

— Vas-y. Et n'oublie pas de crier.

Je le fis.

Je criai son nom alors que mon orgasme me déchirait, que mon corps tremblait. Sa main s'enfonça dans mon cul, me tirant durement contre lui, puis il s'enfonça en moi, fort et vite, ses mains tirant mes hanches vers lui.

Il haleta, puis grogna en jouissant, déchargeant sa chaude et épaisse semence en moi.

Cela me poussa encore plus haut, et je laissai échapper un long gémissement, tout mon corps vibrant de sensations.

Je tombai en avant, m'effondrant sur sa poitrine solide, et ses mains dansèrent de haut en bas sur mon dos nu alors qu'il respirait fortement.

— C'était bel et bien un cri, dit-il d'une voix épaisse de satisfaction.

Je lui souris, puis laissai ma tête retomber sur son torse. Mes yeux se fermèrent tandis qu'un contentement exquis m'envahissait.

Tout allait bien. Pour la première fois de ma vie, tout allait bien.

. . .

Je commençais à m'endormir et me blottis contre lui. Ses bras m'entourèrent étroitement, et il m'embrassa doucement sur le front.

— C'est ici qu'est ta place, reine Almi. Avec moi. Toujours.

— Et ta place est dans le ciel et l'océan, pas dans une salle du trône étouffante, murmurai-je contre sa poitrine. Toi et moi allons nous amuser, M. Leroy.

Il gloussa, et ce bruit me fit sourire largement.

— Si tu es à mes côtés, je ferai tout ce qu'on me demandera. Je t'aime.

— Je t'aime aussi. Toujours.

MERCI D'AVOIR LU !

Merci beaucoup d'avoir lu *Les Épreuves de Poséidon* ! Si vous avez aimé l'histoire d'Almi et de Poséidon, je serais très reconnaissante que vous postiez un commentaire.

Si vous avez lu mes séries précédentes (*Olympus Academy*, notamment), vous avez peut-être remarqué que j'ai une petite obsession pour l'océan. Je suis plongeuse, et j'ai eu la chance de vivre des rencontres incroyables avec la vie marine du monde entier (avec ma mère farouchement aventureuse), et la puissance brute et la richesse incroyable de la vie sous-marine me font ressentir des choses que je ne trouve pas ailleurs. Alors, inutile de vous dire que cela faisait très longtemps que je voulais écrire l'histoire de Poséidon. :)

J'espère que je lui ai rendu justice ! J'ai tellement aimé écrire cette série. Beaucoup de mes passages préférés de l'histoire me sont venus au fur et à mesure que je les écrivais (je te regarde, Kryvo), ce qui est toujours excitant pour un auteur, parce qu'on vit ces moments comme pourrait le faire un lecteur.

Je me suis aussi retrouvée à appeler mon mari en pleurant quand j'ai écrit ce dernier livre, qui est une première. Il s'avère que je ne suis vraiment pas douée pour tuer mes personnages ! !

Je tiens à vous remercier du fond du cœur d'avoir lu mes livres. J'écris tous les jours maintenant, parce que des gens incroyables comme vous soutiennent leurs auteurs préférés en achetant leurs livres.

VOUS ÊTES INCROYABLES.

Et après…

Je vais faire un court séjour loin de l'Olympe pour ma prochaine série, mais il y aura toujours beaucoup de mythologie, de la magie et, bien sûr, de la romance. Avec quelques héros vikings très virils…

Vous aurez un accès exclusif aux scènes coupées et vous verrez en avant-première les illustrations et les idées d'histoires, ainsi que des nouvelles et des livres audio gratuits en vous inscrivant à ma newsletter sur elizaraine.com et vous pourrez papoter avec moi et avoir des teasers, des cadeaux et des annonces (et des photos de mes animaux de compagnie) en rejoignant mon groupe de lecteurs Facebook ici !